JN068979

「あ、あの……
あれ、何ですか？
あそこに見える巨大な」
ネメステッド神像

アルヴァン
ネメシリアの漁師。
漁業組合の
組合長もしている。
トウヤ
女神様の使徒。
異世界を巡る
旅の途中。
レイ
トウヤの従魔。
お魚も好物。

ノルーシャ
ネメシリアを
拠点に活動する
クーシーズ商会の
トップ。
セナ
ダンドの幼馴染。
実家は青果店を
営んでいる。
ダンド
アルヴァンの息子
（反抗期）。
漁師にはならず、
冒険者をしている。
メアリ
リリーの母親で、
大商人ジャックの
良き妻。

レンティア
生命と愛を司る女神(多忙)。
ネメシリアではお酒を所望する。
「待っていたぞ……ォ。
知性の神ネメステッドとは、
我のことだ!!」
ネメステッド
知性を司る男神。
特徴ある喋り方は人見知りゆえ。

神の使いでのんびり異世界旅行

～最強の体でスローライフ。魔法を楽しんで自由に生きていく！～

2

Wamiya Gen
和宮玄

illust. OX

As an apostle of god.
——— Have a nice trip to another world !

CONTENTS

第一章　ようこそ新たな街へ　005
第二章　港町・ネメシリア　034
第三章　食欲が海に連れていく　074
第四章　遅れて到着　138
第五章　ビーチで過ごすひととき　174
第六章　ここで生きる人々、次への出発　194
番外編　自由行動の一日　224

As an apostle of god,
——Have a nice trip
to another world !

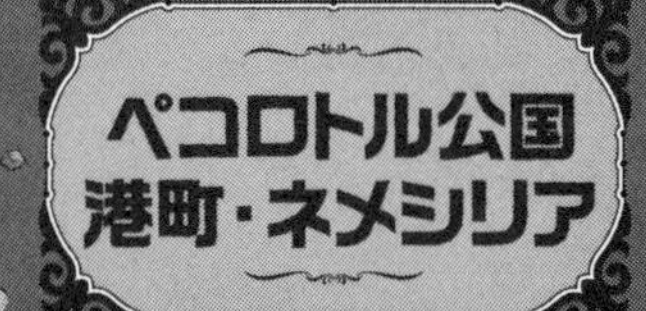
ペコロトル公国
港町・ネメシリア
フストの街
詰め所
冒険者ギルド
クーシーズ商会
漁港
ダンドの家
ニグ婆の作業場
ネメステッド像
銀の海亭
灯台
崖
堤防
堤防
N
W
E
S

第一章　ようこそ新たな街へ

旅は順調だ。

途中にある村に寄った際だけ宿に泊まったが、それ以外は野営をしている。初めはどうなるかと不安だったけれど、負担は案外少ない。

何しろ魔法に、アイテムボックスもある。

ファンタジーのおかげで結構快適だったりする。

それに魔物の心配も少ないエリアなので、就寝時はリラックスして荷台で横になれている。

まあカトラさんや、誰かが近づいてきたらすぐに察知してくれるレイがいるからこそ、安心して過ごせている部分も大きいんだけど。

本当に有り難い。

僕一人だったらまた違ったはずだ。

ちなみにリリーは、僕以上にリラックスした様子で日々レイやユードリッドと戯れている。

肝が据わっているのか、なんなのか。

食事の準備を積極的に手伝ったりしながら、街にいたときよりもワクワクしている雰囲気を感じる。楽しんでくれているようなので何よりだ。

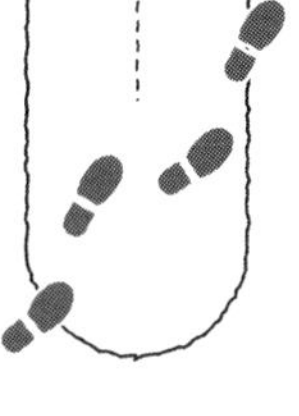

……そして、現在。

見慣れてきた真っ白な空間。

眠りに就いたら、久しぶりにレンティア様とお会いすることができた。

「だ、大丈夫ですか？」

「ああ、まあね。ようやく山場を越えたから、下界の時間の流れで十日くらいは適度に忙しいくらいのはずさ」

「それは……お疲れ様でした」

机を挟んで向かい側に座るレンティア様。彼女が指を鳴らして出してくれた紅茶を、カップに注いで差し出す。

どれだけ忙しかったんだろう。ちょっと可哀想というか、自分だけのんびりと暮らしていることが申し訳なくなってくるな。

今日のレンティア様は、いつもとは違い髪はボサボサで、何故か掛けている眼鏡の奥では眠たそうに目が小さくなっていた。

普段の煌びやかさがない。

でも神様なんだから視力とか関係ないんじゃ……と疑問に思ったが、紅茶に口を付けたレンティア様が、光のない目をこちらに向けてきたから何も言えなかった。

「と言っても下界で十日だから、こっちじゃ数日もしないうちに仕事の波が押し寄せてくるんだがね。まったく冬の豪雪地帯では命を落とす者も、新たな命が宿る者も多くて困るよ……はぁ」

な、なるほど。

生命と愛の女神様だから、そういう事情で忙しくなったりするみたいだ。

「いろいろと、お一人でやられているんですか？」

「いいや、手を貸してくれている天使もいるんだ。しかし、これが明らかに足りなくてね。ヴァロンのヤツにはもっと寄越すように言っているんだが、もう限界だとか言って。だからアタシは、教徒を増やしすぎると同時に仕事も増えて手が回らなくなるって注意したんだ」

「ヴァロン様って、創造神の……？」

「そうそう。もうこうなったら、他の派閥に逃げてやるかねぇ」

「えっ」

「――ってのは流石に冗談なんだが」

な、なんだ。

びっくりしたぁ。

「そういえば、アンタが今向かってるネメシリア。街の名前からもわかるように、ネメステッドのヤツを信仰している商人とかが多くてね。アイツも気に入ってよく観察してるみたいだったから、アタシの使徒が向かってるって伝えたんだよ」

ネメシリアって、主三神教のもう一柱の神様の名前から取っていたのか。

「そしたら興味を持ったみたいでね。アンタが街に滞在する間は、アタシと一緒に観察することになったよ」

「……え？　れ、レンティア様に加えてネメステッド様、お二方に見られるってことですかっ？」

「もちろん普段からアタシが見ないと約束したプライベートな時間は、ちゃんと覗かないように伝えてるから安心してくれ」

「いやっ、そ、それは有り難いですけど……緊張しますすよ、そんないきなり」

こんなことなら黙って見てくれていた方が気楽だったのに。

「まあまあ。ほらっ、旅の仲間もいるんだからさ！　あの子たちと楽しく街を堪能してたら、天界のことなんてすぐに気にならなくなるだろ？」

急に声を張って、レンティア様は強引に話をまとめようとしてくる。

これ、何か裏がありそうだなぁ。

「だっ、だからアタシたちのことは気にせず、時々海の向こうから来た酒や海の幸を送ってくれるだけでいいからさ。アタシの分と、ネメステッドの分。さすがにアイツだけ貢物がないのは可哀想だろう？」

……………。

「はぁ、そういうことですか……」

「おっと！　あ、朝が来たみたいだね。じゃあ、今回はここまでってことでっ！　貢物の件、頼んだよ」

バタバタとレンティア様が指を鳴らす。

その瞬間、僕の視界は光に包まれ……パチリと目を開くと、馬車の荷台に張られた幌が目に入った。

十歳児の僕とリリーの体は小さいため、荷台に三人で川の字に寝ていても狭さは感じない。まだカトラさんとリリーは眠っているようなので、静かに上体を起こす。

気を張ってくれていたのか、隣にいたレイが目を覚まし顔を向けてきた。

なんでもないと微笑みかけ、レイが再び顔を下ろし眠ったのを確認してから僕は外に出た。

涼しい空気。

昨日、馬車を停めた草原はまだ薄暗い。

遠く東から、ゆっくりと日が昇ってきているのが見える。

疲労困憊なようだったから、レンティア様のことを本気で心配したけど……。

あれは多分、何の考えもなしにネメステッド様に僕が街に行くことを伝え、自分にも貢物をと頼まれていたのだろう。

だから久しぶりに、突然夢に現れた。

別に高価な物を無理に要求されているわけでもないから、構わないと言えば構わない。だけど、あんなやり方じゃなくて——

「——普通に言ってくれたらいいのに」

僕は、青白くなっていく空をジト目で見上げた。

………。

しばらくするとカトラさんが起きてきた。

「おはようございます」

「あら、今日は早いわね。おはよう」

「はい。ちょっと目が覚めてしまって」

自分が使徒であることは、まだ言ってない。いつかは伝えるべきなのか、どうなのか。

うーん。

正直まだよくわからない。

「朝ご飯、今日はどうします？」

「そうね……パンとスープにしましょうか。パパッと出発して、予定通りに今日中に大橋を渡っちゃいましょう」

「わかりました。じゃあ、準備しておきますね」

「よろしく頼むわ。私は……リリーちゃんたちを起こして、荷台の整理とユードリッドの様子を見ておくから」

カトラさんはそう言うと、馬車の方へ戻っていく。

よし、じゃあっと。

僕は平坦（へいたん）な場所にアイテムボックスから出した小さめのテーブルを置き、その上に鍋を取り出した。

蓋を開けると、湯気がぶわぁっと立ち上る。

うん、まだ温め直す必要はなさそうだな。

冷めないうちに三人分の器に注ぎ、急いで収納する。

大きめの皿に並べたパンも焼きたての状態で入れていたから、いつでもフワフワな物を食べられる。

やっぱりこれ、アイテムボックスの中に収納しておけば時が止まった状態になるって、何度考えても凄（すご）い機能だよな。

僕の他にも、この世界にはアイテムボックスを持つ人は稀（まれ）にいる。

そしてさらに極々稀に、同じような『収納した物が劣化しない』タイプを持つ人もいるそうだ。

だからカトラさんとリリーの前では普通に使っている。

しかし、知らない人の前ではあまり堂々と使用しない方がいいだろう。面倒なことになるのはご免だ。

わざわざ教えることでもないだろうと、収納できる容量についてはリリーにも伝えてないくらいだし。

そんなことを考えていると、リリーがレイを引き連れて馬車から降りてきた。

しょぼしょぼの目で、匂（にお）いを嗅いでいる。朝食の香りに引き寄せられて来たみたいだ。

「……今日は、作らないの？」

「うん。カトラさんがパパッと食べて、出発しようだって」

「わかった」

リリーは少し残念そうにしながらスープとパンを取り、荷台の後ろに腰掛ける。

この様子だと、やっぱりリリーもその場で自分たちで作る方が楽しいのかな？

カトラさんが野営の醍醐味だと言うので、僕たちはお肉を焼いたりしているときもある。昨日は朝と夜、どちらもそうだった。

手間は増えるけれど、僕も旅感を楽しめるから野営メシは好きだ。

寄ってきたレイを撫で、フストを出た後に川で大量に釣り、焼いておいたギンウヤをあげる。

食事は人間と同じでもいいらしいが、一応お肉ばかりにならないようにしたり、塩分を少なめにしたりして気を遣っている。

そういえば、グランさんから頂いたホットドッグは……。

これも使徒であることと同様に、持っていることを誰にも言っていない。

好物だし、数に限りがあるんだ。独占して隠しているみたいで後ろめたさもあるが、これだけは申し訳ない。

週に一回だけ、計画的に食べようと思っている。カトラさんとリリーがいない所で、こっそりと。

「トウヤ君〜ちょっといいかしら？」

「あっ。は、はい！」

ホットドッグのことを考えている最中に突然呼ばれたので、ドキッとしながらカトラさんのもとへ行く。

すると、ブラッシングをされたユードリッドが食事を待っていた。アイテムボックスからユードリッド用の餌を出す。

その後、僕たちも食事を済ませ、本日の移動を開始することになった。

移動中、少しでも重量を軽くするためにレイは無力化状態だ。

フストにいるときに続けていた魔法の練習や、短剣の素振りは休憩などの暇なときにしている。

だから基本的に、馬車の中では三人で会話をしたり、ぼうっと景色を眺めていたりすることが多い。

以前、そんな中リリーに魔法を見せてもらえないか頼んだことがある。

『……うん、いいよ。機会があれば』

返ってきた答えは、そんなものだった。

一瞬、嫌がられたのかと思ったけど、そういうわけではなかったんだろう。

リリーは肩の力が抜けているというか、自然体な性格だから。多分単純に「見せる機会があれば見せるよ」ということだったんだと思う。

僕としては気になるから、早く見てみたいんだけどなぁ。

まあ急(せ)かすことでもないか、と今日も荷台の前の方へ行き、レイを撫でながらリリーと話していると、突然「あっ」と御者台に座るカトラさんから声が上がった。

僕たちが同時に見ると、カトラさんは前方を指でさしていた。

「見えてきたわ。あれが王国と公国の間に流れるフィンタボックス川。そしてロッカーズ大橋ね」

「おぉー！」

これは凄い。

今いる小高くなった草原から見下ろすように、日本ではお目にかかれなかったレベルの大河が一望できた。

海みたいな規模だけど、たしかに川だ。右から左へ伸びている。

深さはそこまでないのかな？　大きな橋が真っ直ぐと建てられていた。

あの橋を渡ると公国に入るのかぁ。

ペコロトル公国は歴史的にみても、フストがあったグラゼン王国と友好的な関係を築いているそうだ。

元は王国の一部である公爵領だったそうで、時の流れの中で政治的に分割されたらしい。

だからなのかな。ネメシリアをはじめとした王国に近い都市では、王国貨幣をそのまま使えるんだそうだ。

自国で大量の貨幣を造って流通させるのもかなり大変だろうし、現在においても王国の力を借りている側面もあるのだろうか。

「って……ん？」

僕が異変に気付いたのは、二人と同じタイミングだった。

みんなの疑問を代表するように、カトラさんが橋の入り口に目を向けて口を開く。

「なんか、人だかりができてるわね……」

十台以上の馬車が止まっている。

列と言うより、足止めを食らっているみたいだ。何があったんだろう？

不審に思いながら、僕たちも橋の入り口付近まで馬車を移動させる。一定間隔で馬車が止められた一帯の端で、カトラさんはユードリッドを止めた。

「トウヤ君。先頭の方に行って、何があったか確認してきてもらっても良いかしら？　私たちはここで馬車を見てるから」

「あ、了解です」

危険な感じは……しないな。

よし。

近くの馬車の中にも、退屈そうにしている子供や母親らしき女性の姿がある。無力化状態のレイを抱え、荷台から降りながらしっかり安全を確認する。

自分でも心配性すぎるかと思ったけど、さすがに街の外で人混みへ入っていくのは緊張する。だから念には念を、だ。

盗賊の罠だった、とかだったら怖いし。

馬車の間を進んでいく。橋の入り口には立ち話をしている人々がいた。それに、駆け回っている子供の姿もある。

ふぅ……良かった。

ここにいるのは旅人や商人ばかりなのかな？　なんか立ち話をしながら、みんな橋の奥の方に目を向けている。

さてさて、何があったのか。

幸いロッカーズ大橋は幅が広いので、横にずれれば簡単に先頭へ行き、僕も先を見ることができた。

大きな石が組まれ、真っ直ぐにかなりの距離がある橋の上。事故があったのか、それとも橋自体に通行できないような破損があるのか。

えーっと……うん？

橋の中央辺りに人がいるな。一体、何をしているのか。一目見ただけじゃ、普通に通れるような気がするんだけど……。

ちょうど隣の男性が会話を終えたようなので、尋ねてみる。

「すみません。何があったんですか？」

「ん？　ああ、あそこにいる青年が道を封鎖しているんだよ。自分を倒せる者が現れるまで、ここは誰も通さないってね」

「えっ？　そ、そんな理由で」

「まったく困ったものだよ。僕もさっき他の人から教えてもらったんだけど、ここ最近あの青年が頻繁に同じような事をしてるらしくてね。ネメシリアの冒険者なんだそうだ。迷宮都市に向かう実力者と腕試しをしたいんだろうけど……」

「じゃ、じゃあ、あの人を倒せる人が現れるまでは通行止めですか」

「ああいや、それは大丈夫だと思うよ。あと少し経った昼頃には、ネメシリアから衛兵たちが来ることがほとんどだそうだ。だから待っていたらすぐに解決するよ。変に動いて、巻き込まれるのはご免だしね」

良かった、なら安心だ。

じゃあ僕たちも待つことにするかな。

「そうですね。教えていただき有り難うございます」

「いやいや。お互い、少しの間の辛抱だね」

男性に会釈をして、来た道を戻る。

僕たちは朝から移動してさっき来たばかりなので、一時間もしないうちに昼に差し掛かるだろう。きっと問題はすぐに解決するはずだ。

そう思いながら馬車に戻り、仕入れてきた情報をカトラさんとリリーに伝えると、

「なるほど……そんなことが。わざわざありがとね、トウヤ君」

「いえいえ、お安いご用です」

「でも困った冒険者もいたものね。ネメシリアに仕事がないからって、こんな所で腕試しをするだなんて。そんなことならダンジョンに行きなさいよ、まったく」

「……？　ネメシリアって、冒険者の仕事がないんですか？」

不思議な話だな。

僕が首を傾げると、リリーが口を開いた。

「あそこは漁師と商人の街。陸側にも魔物が少ないから、冒険者が必要になるような仕事はほとんどないの」

「へぇー、そういうこともあるんだ……」

「うん」

冒険者だからって、どこでも働けるとは限らないのか。場所によって変わってくるんだなぁ。

「だから、ネメシリアの冒険者は強くない」

「そうね、リリーちゃん。まあそういうわけで、ここで足止めを食らうのも癪だから、私たちで突破しちゃいましょうか」

「え」

今、なんて？

「あ、あのー……」

リリーとカトラさんが目を合わせて一つ頷くと、馬車が動き出す。

自然と、周囲から注目が集まる。ざわざわとする人々の間を抜ける最中、先ほど話を聞いた男性も目を丸くして僕たちのことを見ているのが視界に入った。

馬車が、ロッカーズ大橋に入っていく。

「トウヤは何もしなくて大丈夫」

未だ僕が困惑していると、リリーが声をかけてきた。

「わたしの魔法、見せてあげる」

おぉ、それは楽しみだ――って、それよりもリリーさん。いつもの変化が乏しい表情はどこへ行ったのか。なんですか、そのスイッチが入ったような顔は。

自分がいくと言っているリリーだが、本当に大丈夫なのか……心配だ。まあカトラさんもいるわけだし、危険があると判断したらさすがに止めてくれるだろう。

橋の中央で仁王立ちしている男性は、近づいてくる僕たちをじっと見ていた。

思ったよりも若いな。青年と言うより、少年くらいだ。

高校生……いや、この辺りは日本人よりも大人に見える人が多いからなぁ。もしかしたら中学生くらいなのかもしれない。

浅黒い肌に、黒髪。鞘（さや）に入った両手剣を手にしている。

カトラさんは彼から十メートル程の距離を空けて馬車を止めた。

「ここ、通してくれないかしら？」

「あぁ？　お前ら、向こうで何も聞いてねえのかよ？　ここは、オレに勝てる強ぇヤツが現れるまで誰も通さねぇ！　ガキと女じゃ相手になんねえから、さっさと戻りな」

「はぁ……」

こめかみに手を当て、カトラさんはやれやれといった様子だ。

「リリーちゃん、好きにやっていいわよ。貴女（あなた）だったら絶対に勝てるから」

「うん、わかった」

リリーは頷くと同時に、荷台から飛び降りた。

「わたしが相手する」

「……はぁ？」

目の前に歩み出てきたのは、一人の少女。

少年は口をあんぐりと開けている。

「ブフッ。ちょ、おまっ、何の冗談だよっ？」

「冗談じゃない。いいから、早く」

しかし、あくまで真剣なリリーの目を見て、逡巡する少年。しばらく固まった後、彼は肩を落とした。

「まあいいけどよぉ……。一応剣は使わねぇが、怪我しても自己責任だからなっ？」

「別に剣を使ってくれても構わない」

「おいおい。オレは相手がガキだからって手を抜いたりはしねえぜ？　警告はしたからな」

「大丈夫。わたし、魔法が使えるから」

「魔法か……なるほどな？　でも勝負になんねぇと思うぜ、その年齢の魔法使い程度じゃ。大抵の場合、対人戦の基本は筋肉だからな！」

少年が、力こぶを作り誇示するように見せてくる。

「「「…………」」」

「………ご、ごほん。まっ、じゃあ勝負といくか」

リリーをはじめ、僕たちの反応が薄かったからだろう。少し恥ずかしそうにしているが……。なんか、憎めないところがある子だなぁ。

「本当に、このガキが相手でいいんだな？」

最後に改めて、少年がカトラさんに確認してくる。

「ええ。悔いが残らないように存分に挑むと良いわ」

「ったく……マジで知んねぇからな。おいガキ。お前、名前は？　オレはダンドだ」

「リリー」

「リリーか、覚えたぜ。んじゃあ、かかってきな。なるべく痛まねぇように終わらせてやるからよ」

やはりまだ年端もいかぬ少女に剣を向けるのは抵抗があるのか。

ダンドと名乗った少年は、その手に持つ剣を思いのほか丁寧に地面に置くと、腰を低くして構える。

橋を封鎖するだなんて迷惑な行為をしてはいるが、決して危険な人物ではないみたいだ。

だけど……。

「カトラさん。本当に大丈夫なんですか、リリー？」

リリーの魔法の腕は、Cランク冒険者並みらしい。

しかし、やっぱり止めた方がいいんじゃ、といざ戦いが始まるとなって不安になる。

本人もやる気があるみたいだったけど、わざわざ自ら首を突っ込まなくても。日本出身の小市民な僕からすると、正直考えられない。

「大丈夫、大丈夫。言動からもあのダンドって子、予想通り強くないみたいだから。それにリリーちゃんの魔法、トウヤ君も見たらびっくりするわよ？　使える魔法はCランクくらいだけど、洗練され方が天才のそれだから」

少年の準備が整ったと見て、リリーは魔法を発動させようとしている。


ブゥォン……ッ！


その時、まるでそんな音が聞こえそうな勢いで、彼女の体内に秘められていた莫大な魔力が発せられたのがわかった。

ほんの一瞬、自分の魔力の流れを感じられなくなるほどの圧倒的な魔力量だ。

「なっ⁉」

ダンドが目を見張っている。それは、僕も同じだった。

リリーがなんと、同時に二つの魔法を詠唱していたのだ。

何か嫌な予感がしたのだろう。ダンドはとっさに、半ば無意識といった様子で剣を拾うと、身を守るように構えた。だが手遅れだったらしい。

次の瞬間リリーの両手から、高速で詠まれた異なる魔法が発動された。

「『ウィンド・プッシュ』『アイス・スワンプ』」

目に見えない風の塊に、横から殴られるダンド。

「ごふっ……！」

凄まじい勢いで飛ばされた彼の落下地点。橋の欄干や、その近くの地面には冷気を放つ水色の沼が出来ている。

「うお⁉　な、なんだよこれっ！」

沼はダンドの脚や背中に纏わり付くように凍り、捕らえているようだ。必死に動き、抜け出そうとしているがびくともしていない。

僅か一瞬の出来事。それで……決着。

「ね、凄いでしょ？」

「……は、はい」

僕はリリーの背中から目を外せないまま、カトラさんの言葉に頷く。

「わたしの勝ち」

当のリリーはというと、そう言って涼しい顔のまま馬車に戻ってきた。

「リリーちゃん、ナイスね」

「ありがと」

カトラさんとリリーがグータッチをしている。

そして、何事もなかったかのようにすぐに馬車は動き始めた。

「どうだった、わたしの魔法」

何やらギャーギャーと騒いでいるダンドの横を通過する頃、リリーが訊いてきた。

「お、驚いた……かな？　正直想像以上だったというか、カッコよすぎて」

「そう。なら良かった、頑張って」

答えに満足したのか。むふん、とリリーはどこか誇らしげに目を細めるのだった。


あと少しで橋を渡り終えるという所で、対岸側から来た馬車とすれ違った。

遠目ながら、リリーがダンドを打ち倒すところを見ていたんだろう。興味ありげに全員が、ほえーっといった顔でこちらを見ている。

……うん、やっぱり驚いて当然だよなぁ。

彼らの顔を見て、僕がちょっとだけ落ち着けたのは内緒だ。カトラさんとリリーがあんまり普通のテンションだったから、戸惑っていたのだ。

後方に目を向けると、さっき足止めを食らっていた人たちも後に続いてきているのが見える。

…………。

フィンタボック川を越え、およそ三十分。馬車を走らせながらカトラさんとリリーは会話を続けていたが、僕は上の空だった。

リリーの魔法が、目に焼き付いて離れない。

僕もカトラさんから教えてもらったおかげで、生活魔法だけでなく初級の一般魔法を使えるようになった。今ではウィンド・スラッシュでの攻撃にも自信が芽生え始めている。

だけど……二つの魔法を同時に詠唱。発動させた魔法の効果を組み合わせる。リリーが放ったあの魔法の高度さが、鮮烈な印象となって自分の中に残っていた。

あんな魔法を、僕も使ってみたい。

日本で育ち、魔法は架空のものだと思ってきたためか、やはり僕はかなりファンタジーな要素が好きらしい。今もこうして、ワクワクしながら熱が高まっていくのがわかる。

荷台の後ろで空を見上げ、何度もリリーの魔法を頭の中で思い描く。

すると途中で、馬に跨がった二人の男性とすれ違ったことに一拍遅れて気がついた。

あの人たち……。軽めの装備だけど、話に聞いたネメシリアの兵士たちかな？

ここは橋からの一本道ではなく、すでに何本かの道が合流した地点のため、僕たちは他の所から来たと判断されたのかもしれない。特段声をかけられることもなく、彼らはそのまま後方へ進んでいった。


……ん？


そういえばロッカーズ大橋の通行を妨げるダンドの対応をするため、毎回昼頃にはネメシリアから衛兵が来るって聞いたけど……。

それって街から距離があったら大変なんじゃ？

カトラさんからは、今日は橋を越えるということしか教えてもらっていない。

元の予定でも一週間ほどで到着するということだったネメシリアの街。あと少しだとは思っていたけれど、そういえば橋から街までの距離は把握していなかったなぁ。

ここまでの旅は、順調すぎるほど順調だった。

そして、昼頃までには橋に来るネメシリアの衛兵たち。

そうか。ここまで来たらもう大体わかる。もしかしたら予定より早く進んでいて、すでに僕たちはネメシリアのすぐ近くまで来ていたのかもしれない。

「あの、カトラさん。ちょっといいですか?」

体を捻(ひね)って前を向き、御者台のカトラさんに声をかける。

「ん、どうかした?」

「えーっと……ネメシリアって、もう近い――んですよね?」

「そうね。あとロッカーズ大橋からここまでの倍の時間もあれば到着すると思うわ。ユードリッドが優秀だから良いペースで来られたけれど、でもやっぱりようやくって感じるわねぇ」

「そ、そうですね。ありがとうございます」

何故か知っていたふうに見栄(みえ)を張ってしまい、リリーから不思議そうな目で真っ直ぐと見つめられる。

き、気まずい。

僕はなるべく自然を装って顔の向きを直し、また馬車の後ろ――遠くまで伸びているこれまで自分たちが辿ってきた道に目を向けた。

◆

太陽は高いところにあり、まだ傾いていない。

青い空を照らす眩しい陽の光に、街の向こうに広がる海。カトラさんの言葉通り、一時間もするとネメシリアの街が見えてきた。

大きな湾になった場所に位置しているらしいが、ネメシリアの印象は迫り出した半島が丸々巨大な港町になった感じだった。陸地にほとんど魔物がいないためか、フストにあった市壁のような物は見当たらない。

地中海沿岸の街みたいな雰囲気だな……行ったことないけど。

「トウヤ君、そろそろ街に入るからギルド証貰えるかしら？」

「あっ、そうでしたね。えー……はい、どうぞ」

「ありがと、助かったわ」

「いえいえ。リリーも」

「うん。ありがとう」

カトラさんに言われ、アイテムボックスから全員分のギルド証を取り出しそれぞれに渡す。

ギルド証をずっと首に掛けておくのは邪魔だったから、僕は必要なとき以外は収納するようにしていた。

初めはそれを見たリリーに頼まれ、フストを出てからすぐに彼女の分だけ預かっておくことになったのだ。

冒険者歴が長いカトラさんは最初、「私は慣れてるから大丈夫」と遠慮していたが……やっぱりない方が楽そうだと思ったんだろう。結局後から手を合わせられ、僕が三人分のギルド証を収納しておくことになったのだった。

ネメシリアにはフストのような門はないようだ。

しかし、一応衛兵がいる詰め所がある。その前で、街に入るための列ができていた。

結構並んでるなぁ。

向かって左手に伸びている道では、盛んに馬車が行き交いしている。たしか前に地図を見た感じだと……。

あっちは僕たちも次に行く予定の、迷宮都市などがある方向だったはず。船で運ばれてきた物が、いくつかの主要都市にどんどん輸送されていっているのだろう。

早速ネメシリアの活気を感じる光景だ。

……。

僕たちも列の最後尾に並び、自分たちの順番が来るのを待つ。街へ入るための手続きは、ギルド証を提示するだけで済んだ。

冒険者の仕事があまりない街でも、通行証としての役割はしっかり果たしてくれるらしい。

「ふぅ……じゃあまずは、宿を当たってみましょうか」

カトラさんも旅に慣れているとはいえ、最初の移動で気を張っていたのだろう。無事に到着し、ほっとしたように息を吐いている。

次々に進んでいく馬車の流れに止まらずに続く。

「そうですね。いい所があればいいんですが……カトラさん、どこかご存じですか？」

「一つ心当たりがあるから、とりあえずそこに行ってみるわね。冒険者時代に利用したことがあって」

「わかりました。リリーもそこでいいかな？」

「うーん……カトラちゃん。そこ、ご飯おいしい？」

「そうねぇ。記憶では、お父さんの料理に負けず劣らず美味しかったわ」

「グランさんの……。じゃあ、そこで大丈夫」

「ふふ、それじゃあ行きましょうか」

目を輝かせて即決するリリーを見て、カトラさんは可笑しそうに目尻を下げた。高空亭の料理と同じくらい美味しいだなんて、期待が膨らむ言葉だ。

街へ入っていくと、さぁぁっと風が吹き抜けた。

海の匂いがする。

比較的ゆとりを持って建てられた家が建ち並ぶエリア。そこを抜けると、段々と建物が密集してきた。

道を歩く人の数も、気がつくとかなり増えてきている。

久しぶりだな、この感じ。日本の街中に近い。

まあ、近いだけで人口密度は全然マシなんだけど。

ネメシリアの街並みは、海の向こうにある別の文化圏の影響なのか、フストとはかなり違うようだ。

建物は白く塗装されている物が多い。

それに、どこか民族的で涼しげな服を着た人が結構いる。

僕も機会があれば、せっかくだから着てみたいな。

フストでは滅多に見なかった浅黒い肌の人たちも、かなりの割合でいることが見て取れる。漁師と商人の街だからか、ガタイがいい人や街角に積み重ねられた木箱に入った果物なんかが多く目に入った。

エネルギッシュで、賑やかな街だ。

リリーと興奮気味なレイと一緒に、僕も胸を高鳴らせながら街並みを眺めていると、新鮮な光景だからか、祭りでもないネメシリアの普通の一日が華やかに映った。

「……あっ、そうだ」

もしかしてもう、レンティア様だけじゃなくネメステッド様にも見られているのかな？　こんなに街に入ってすぐからなのかはわからないけど。

「どうか、した？」

思わず声に出してしまったものだから、リリーに不審に思われたみたいだ。

「あーいや、忘れてたことを思い出しただけ。いきなりごめん」

「……？」

ジッと見つめられ、さらに首を傾げられる。

使徒であることを打ち明けられたら、普通に説明できるんだけどなぁ。

でも、僕の隣にいたらリリーたちも時々神様に観察されているわけだから、知らないままの方が良かったりするのかもしれない。

不可抗力で知られるときがくれば気楽なんだけど。教会でアンナさんたちに、レンティア様に謁見する瞬間を見られたように。

僕も交流のないネメステッド様に見られていると思うと緊張するから、もうあまり気にしないでおこう。

とにかく、貢物に良さそうな物を探しておけば大丈夫なはずだ。あとはあちらからの接触を待てばいいだろう。

「着いたわよ～」

しばらくすると、少し高台になった場所にある宿に到着した。

カトラさんが空き部屋の有無を確認してきたところ、問題なく泊まれるとのことだった。

宿の隣にあるスペースに馬車を止める。

ユードリッドは横の厩舎（きゅうしゃ）で休むことになるらしい。

一週間後、ジャックさん夫妻が来るまでは、とりあえずは観光をする予定になっている。宿へ入りながら、僕は新たな街での日々が始まることを実感した。

本当にわくわくだ。

フストでは前世も含めて、一番刺激的で自由で、マイペースな数ヶ月を過ごした。次はこの街で、一体どんなことがあるんだろう？

神域の祠を出たときとは違い、今回は不安だったりはしない。カトラさんもリリーも、レイもいる。

心の底から楽しみ、ただそれだけだ。

第二章

港町・ネメシリア

「ようこそ、銀の海亭へ！」

僕たちを迎えてくれたのは、四十代くらいの女性だった。名前はブレンダさんと言って、この宿を切り盛りしている女将さんらしい。

「お世話になります」

「ああ、ぜひ満喫していってちょうだい。じゃあ案内するわね」

僕が挨拶をすると、ブレンダさんはニカッと笑って奥へ進んでいく。

明るくて元気な雰囲気の人だな。

諸々の手続きや確認は、先にカトラさんが済ませてくれている。自分たちの部屋では、無力化状態だったらレイを自由にさせて良いとのことだった。

この世界の宿は、個室だったら大体融通を利かせてくれる所が多いそうだけど、本当に有り難い。

ブレンダさんに案内されて三階へ上がる。

最上階か……。

外観からも分かったけど、かなり大きい宿だな。二階建てだった高空亭に比べ、高さも広さもある。一般的な旅館くらいの規模感だ。

「この部屋だね。説明はしてあるけど、何かあったら声をかけてちょうだい。どの従業員にでもいいから」

ブレンダさんはある部屋の前で足を止めると、扉に鍵(かぎ)を差し込んだ。

他に数人の従業員がいるのか。ここもグランさん以外は、アーズだけだった高空亭とは違う点だ。

「今は何か……」

「ないわ」

「よし、じゃあこれが鍵ね。旅の疲れもあるだろうから、ごゆっくり」

「ええ。助かったわ、ありがとう」

テンポ良くやりとりがあり、カトラさんが鍵を受け取る。

日本の旅館より、かなり気楽で手っ取り早い。むしろフストのお店と比較しても、さっぱりした対応という印象だった。

港町のネメシリアだからなのか。それともブレンダさん個人のキャラクターによるものなのか。

まあ、嫌な感じがしないから全く問題はないけど。

案内を終え、ブレンダさんは元来た道を大股で戻っていった。

カトラさんに続き、僕たちも部屋へ入る。

「うわ……」

大きな宿の最上階。

そしてここまで歩いてきた廊下の雰囲気から予感はしていたけれど、これは想像以上だ。そこそこ広い室内に、ドンドンドンと置かれた三つのベッド。

馬車では全員で寝ていたし、もう今更三人部屋であることは構わない。街でくらい、男の僕は一人部屋でもいいとは思うが。今は子供の体だし、リリーも同じ十歳でカトラさんも大人っぽいとはいえ実際はまだまだ若い。変に気苦労する心配はない。

が、しかし……。

「うん、良い部屋ね」

「いやカトラさんっ。僕たち、本当にこの部屋に泊まるんですかっ？」

「そうよ？」

「あの……お、お金……」

気になるのはそのことだ。

僕にもある程度は貯金がある。

それを上回るくらい、カトラさんとリリーも所持しているだろう。でもこれからのことを考えて、なるべく節約していくべきなのでは？

なのに、この部屋って……。

「おぉー、きれい」

お嬢様のリリーが口を丸くして、窓の方へ駆けていく。

その先に広がっているのは、ネメシリアの街を一望できる景色だった。高台に位置するため、美しい眺望を堪能できるらしい。

海には大小様々な船が見える。部屋の広さもそうだが、この見晴らしを考えるに一泊いくらするんだろう。

カトラさんがリリーの隣へ行く。

僕も後に続き、懐事情を心配してカトラさんを見上げる。

すると、彼女は案外ノリノリな様子でサムズアップしてきた。

「大丈夫よ。旅はお金を稼ぎながら、街でお金を使うものなんだから。街にいる間くらい、とりあえずジャックさんたちが来るまでの一週間は快適に観光することにしましょう」

あ、いいお値段なのは否定しないんだ……。

まあでも、たしかに。移動中は大体野外で寝てたからなぁ。宿泊する場所にくらい、お金をかけてもいいのかもしれない。

けど……い、一応三人全体での残金だけは逐一確認しておこうかな？


夜。

レイにご飯をあげてから、僕たちも一階にある食堂へ来た。

温かみのある照明に、広々とした食堂。ほぼ全席が埋まっている。部屋数が多いから、ほとんどが宿泊客だろうか。

目の前のテーブルに並んでいるのは、港町ならではの料理だ。

知らない魚のアクアパッツァに、魚介スープ。一緒に出されたバゲットも質が高い。

「ほんとだ、美味しいですね！」

「おいしい……！」

「でしょう？　せっかくネメシリアに来たんだから、レストランにも行きたいわよね～」

僕とリリーが感動していると、カトラさんが指を折りながら目的のレストランを数え始める。ワインをグラスで頼んだので、ほろ酔い機嫌だ。

「あ、メシか？　だったらあれは食った方がいいぜ」

その様子を見て、隣の席のおじさんたちが話しかけてきた。耳まで真っ赤で、二人とも完全にでき上がってる。

「あー……なんつったっけ？　あれだよな、あれ。最近流行ってる……パ、パ……」

「バカ。パスタだよ、パスタ」

「――えっ。ぱ、ぱ、パスタ⁉」

聞き流すくらいに思ってたけど、僕は気がついたら立ち上がっていた。

「わっ、どうしたのトウヤ君」

カトラさんもリリーも、おじさんたちも驚いている。だけど仕方がないだろう。

パスタ。

元々好物だったこともあるが、それだけでなくここ最近の僕は……久しく食べられていない麺類を、実はめちゃくちゃ食べたくなっていたのだから。

こっちの世界に来ても、祠では麺類を食べていた。パスタにうどん、素麺に蕎麦。

だからあの時は何も思っていなかったけど……。

祠を出てフストに着き、世界には麺類が存在しない土地があることに気付かされた。

まあ文化だけでなく、世界まで違うのだから当然なのかもしれない。だけど、僕にとってはかなり衝撃的な事実だったのだ。

次に麺類にありつけるときは来るのだろうか。

そう思えば思うほど、余計に食べたくなる。なるべく考えないようにするのが精一杯だった。

あの時ほど、祠にあった物もアイテムボックスに入れられたら良かったのにと悔やんだことはない。好きの度合いにもよるだろうが、前まで普通に食べられていた物が食べられなくなる。その辛さは、なかなかのものだった。

食事については、他にもお米が食べたかったり炭酸が飲みたかったりもするけれど……。

そうか。

ついにパスタに、この世界で最初の麺料理に出合えるのかぁ。

溢れ出てくる唾をゴクリと飲み込む。

謝りを入れてから腰を下ろすと、リリーが首を傾げてこっちを見てきた。

「あ。い、いきなりすみません」

「トウヤ。パスタって、知ってるの？」

「……た、偶々聞いたことがあってね。耳に挟んだことのある名前だったから、つい。ほんと、それだけ」

「…………」

ジーッと向けられる視線。

な、何か疑われてる？

パスタはネメシリアでも最近流行っている物らしいから、起源がどこなのかはわからない。だから変な事は口にしないように気をつけたいところ。

僕が笑って誤魔化（ごまか）そうとしていると、カトラさんが間に入ってくれた。

「だったらそうね。明日はまず、そのパスタをみんなで食べに行ってみましょうか！　私も気になるし」

美味しい物が嫌いな人間はいない。

「……うん。いくっ」

リリーはすぐに僕から視線を外し、反応した。

カトラさん、助かりました。気を遣ってくれた様子の彼女に目でそう伝える。

すると、カトラさんは微笑（ほほえ）みを返してくれた。

その後、隣の席のおじさんたちに店の場所を聞いたりしながら、食事の時間は楽しく過ぎていった。

◆

次の日。

やっぱりベッドがあると快眠だ。蓄積していた疲れが一気に吹っ飛んだ気がする。

かなり良いベッドだったんじゃないかな？　僕が日本で使っていた物より、レベルが高かった気がする。

まだ目が覚めきらないが、ぽやぽやとしながら僕たちは朝食を軽めに済ませ、街へ繰り出すことにした。

昨日ちゃんと情報を得たので準備はバッチリだ。

宿の前で、朝が訪れたネメシリアを見渡す。

昨日は港にあった船が、沖の方に小さく見えた。

海は朝の光に照らされ、眩しく輝いている。

陽の光が強いからか、街は色が濃い。影もフストよりハッキリしている気がした。

「おお……」

僕とリリーがその光景を見て感嘆していると、ユードリッドの世話を終え、カトラさんが戻ってきた。

「何度見ても良い景色ねぇ。じゃあ、行きましょうか」

レイは僕が抱えて、坂を下っていく。

宿がある高台を抜けると、一気に人が増えた。

……………。

飲食店が食事時しか開いていなかったフストとは違い、人の行き交いが激しい港町のネメシリアでは、レストランの営業時間が長いそうだ。

今回の目的地は、比較的静かな道沿いにある大きな店だった。

事前に、レイを連れていても問題がないテラス席があることは確認している。そこに通された僕たちは、店のおすすめの一品を注文することにした。

……そういえば、初日の夢では神様たちからの接触はなかったな。

三人で欠伸をうつし合いながら、そんなことを考えていると料理が運ばれてくる。

「お待たせいたしました。こちら、シーフードパスタになります」

それぞれの前に出される器。ぽわっと立ち上る湯気からは、魚介とトマト系の香り。

パスタは赤いソースに絡められており、中にはムール貝っぽい貝や、イカらしき食材などが入っていた。

見た目は地球のパスタとほとんど同じだ。

カトラさんとリリーが、目をキラキラさせている。

「美味しそうね！」

「わ〜っ……」

二人がフォークを手に取ったので、僕もいただきます、と手を合わせてから早速パスタを口に運んでみた。

「お、美味しい……！」

まだ熱々だったが、ソースの程よい酸味と魚介の旨味が味覚を刺激する。

モチモチとしながらも、プツンと切れるパスタ。噛(か)むたびに味が滲(にじ)み出てくる貝などの具材。頬(ほお)が落ちそうなくらい、感動的な味だ。

今まで麺類が食べられず我慢していた分、人生で最高のパスタに出合えたような気がする。

ハフハフとしながら、無言で次の一口へ。

……これは、ネメシリアにいるうちに満喫し尽くさないとなぁ。

メニューによると、他にも色々なバリエーションのソースがあるみたいだったし。まあ、なんとしてでもパスタはアイテムボックスに収納するつもりだけど。


「あ～最高だったわねぇ」

店を出ると、カトラさんが空を見上げて言った。

さっき食べたパスタの味を振り返っているんだろう。

僕は待ち望んでいた料理だったから、ようやく食べられたという想(おも)いも相まって、満足感が凄(すご)い。

パスタ初体験の二人も、瞬く間に完食していたし気に入ってくれたようだ。

良かった良かった。

心なしかテンションが高いリリーも、カトラさんに賛同する。

「うん、おいしかった……っ」

「また食べましょうね。濃いめの味なのに、一皿にまとめられているからツルツル食べられて！

も～衝撃だったわ。雰囲気的に、南の方から海を渡ってきた料理かしら？」

「……だと思う。この街で有名なスープも、そうだって聞いたから」

「ああ、そうよね。この辺りの国の料理だったら、もう少し薄い味付けの物が多いし」

へぇー、そうなんだ。

南からか……。

にしても僕からすると、パスタは家で作る以外にもファミレスや冷凍食品でも食べられるくらい身近なものだったからなぁ。

日本食でないとはいえ、慣れ親しんだ味だ。今更もう、特別「異国の料理だ！」と思ったりはしない。

けれど二人にとっては違ったらしい。

その異色さというか、インパクトをかなり感じたみたいだ。

ふむふむと会話を聞きながら道を進んでいると、ふと建物の隙間（すきま）から気になる物が見えた。

「わ、びっくりした……」

「ん？　どうかした、トウヤ君」

「いえ。あ、あの……あれ、何ですか？　あそこに見える巨大な」

思わず立ち止まり、カトラさんに尋ねる。僕が指している物を見ると、カトラさんは「あー」と手を叩（たた）いた。

「あれは『ネメステッド像』よ。ちょうど宿の後ろの方向だから、今まで上手（うま）く見えなかったのね」

「ネメステッドって、神様のですか？」

「そうそう。この街を見守る、大切なものだそうよ。まあ今は、どちらかというと有名な観光地って印象だけれど」

建物の間から見えたのは、高台にある巨大な石像だった。

「な、なるほど……。しかし、凄い大きさですね」

元々高い場所にある上に、石像自体も合成なんじゃないかと思うくらいの規模感。立ち姿の像なので、ここから見ると天にも届きそうだ。

たしかに、言われてみればフストの教会で見たネメステッド様の神像に似ている気が……うーん。いや、やっぱりあんまりしないかも。

こんなに大きかったら、もしかしたらネメシリアに近づいてくるときにちらっと視界に入っていたのかもしれないな。僕が気付けなかっただけで。

「少し距離があるから今日はやめておいて、明日か明後日、せっかくだし足下まで行ってみましょうか。知ったふうに言ってるけど、実は私も近くまで行ったことはないの」

「あっ、そうなんですか。カトラさんも。じゃあ、そうですね。ぜひ行ってみましょうか」

「ええ。リリーちゃんは……たしか、昔行ったって聞かせてくれたわよね」

「……あ、うん」

僕の腕の中にいるレイを指先で撫(な)でていたリリーが、顔を上げて頷(うなず)く。

「それじゃあ、案内してもらってもいいかな？」

「ん、わかった」

リリーが快く了承してくれたことで、ネメステッド像へは後日行くことに決まり、今日はこのまま宿があり今僕たちがいるネメシリア東部を探索してみることになった。


……と、いうことで。


「おお。やっぱり、近くに来ると潮の香りが強くなりますね」

まずは街を抜け、海岸沿いに来てみた。

さぁっと吹き付ける風が心地いい。

西側に見える港では、突堤（とってい）に船着き場。奥に灯台なんかが見える。

海辺の舗装された道の途中、のんびりと揺らめく海を眺めていると、リリーが肩を叩いてきた。

「トウヤ、あれ」

「うん？　なに…………あっ」

リリーが見ていたのは、後ろにある開けた場所だった。

柵（さく）に囲まれたそこには、小さな建物が一つ。それ以外の場所では、一面に黄色い果物か何かが天日干しにされている。

作業をしている年配の女性たちが数人いるが……。

そんな中に一人、僕とリリーが視線を向ける若い人物の姿があった。カトラさんも彼に気がついたみたいだ。

「あら、昨日ロッカーズ大橋にいた子じゃない」

ふてくされた態度で、ダラダラと働いている少年。

そこには大橋を封鎖して腕試しをしようとしていたけれど、リリーによって一瞬で打ち負かされたダンドがいた。

なんか、今日は子供っぽく見えるなぁ。年相応って感じだ。

橋のときとは違い、防具や剣がなくラフな格好をしているからだろうか。

「今日は大人しくしているようですね」

勝手に橋を封鎖するなんて、迷惑この上ない行為。大きな過ちで、いくら思春期の子供とはいえ許される話ではない。

しかし決して態度が良いとは言えないけれど、今は普通に街で働いているみたいだ。

その普通は立派だ。応援したくなる。

……いや、ちょっとおじさん目線になりすぎかな？

僕の言葉を聞いたカトラさんの反応は微妙だった。

「……そうね。まあ、なるべく早くここを離れましょうか」

色々と考えた様子で、踵(きびす)を返そうとする。

彼に対して、あんまり良い感情は持ってないんだろうな。昨日も、人に迷惑をかける冒険者としてダンドのことを厳しい目で見ていたし。

なるべくもう関(かか)わりたくない、ってのが正直なところのようだ。

それはリリーも同じ様子だった。

むしろ彼女の反応はカトラさんよりも酷く、あからさまに嫌そうな表情でダンドを見ている。といっても元々表情が乏しい彼女のことだから、少し眉を顰めてるくらいだけど。

「そうですね。じゃあ行きましょうか」

二人の反応が別に冷たいわけじゃない。

単に僕が甘すぎるだけだ。そのことはわかっている。

だから早々にダンドに背を向け、みんなで他の場所へ移ろうとした。

した、のに……。


「ぁぁあああッ!!」


一歩目を踏み出したそのとき、後ろから大きな声が上がったのだった。

ピタリ、と立ち止まった僕たち三人の顔を、レイがなんだなんだと見ている。

………ああ、なんで。

嫌な予感を覚え、ゆっくりと振り返る。

もうほとんど的中する気がした予感は、やはり予想通りに的中していた。

ほぼ同時に振り向いた僕たちは、きっと全員が渋い顔をしていたと思う。こうなったら、さっきまで「甘いかもしれないけれど応援したい」なんて考えていた僕も、カトラさんやリリーと同じ側にならざるを得ない。

「あんたら！　まさかまた会えるなんてなッ！」

仕事を放り出し、敷地内から飛び出てきたダンドが駆け寄ってくる。眩しいくらいの満面の笑みを浮かべて。

「探そうと思ってたんだぜ！　もう一回挑戦させてくれ、姉御!!」

ん、姉……御？

その言葉が気になって止まる。

「今度はあのスゲー魔法に勝つからよ!!」

目の前まで来たダンドは、リリーのことを見ていた。誰のことを言っているのかと思ったけど、姉御って……リリー？

僕とカトラさんがリリーの顔を覗くと、彼女はあからさまに面倒くさそうな表情をしていた。今度はさらに珍しく、口元まで歪め、呻くような声を漏らして。

「…………うぇ」

そのレアな反応に、思わず噴き出しそうになる。

が、それよりも先にまた別の声が聞こえてきた。

「コラーァッ、ダンド！　あんたってやつは!!」

「げっ、ニグ婆！」

肩を跳ねさせるダンドの後ろから、カンカンな様子で、お婆さんが腕を突き上げながら近づいてくる。

白髪に、ダンドと同じ浅黒い肌。広場で作業していた方のうちの一人だ。

「仕事ほっぽり出して何やってんだいっ。ほら、さっさと戻りな！」

「いや、ちがっ。これにはワケがあんだよ」

「はいはい。仕事が終わったらたっぷり聞いてやる……って、あらまぁ。こちらのお嬢さん方は？　あんたまさか、また迷惑かけてんじゃないだろうね！」

「何もしてねえよっ。な？　な？　ただ昨日のことで話を……あっ」

勢いよく交わされる会話。

僕たちが圧倒されていると、ダンドが独りでに墓穴を掘ったようだ。ニグ婆と呼ばれた女性が目を光らせる。

「…………」

「昨日だぁ？　私ゃ昨日も北の橋に行って、人様に迷惑かけたって聞いたんだがね？」

「じゃあこのお嬢さん方かい！　あんたを氷漬けにしてくれたっていうのは」

「…………あ、あぁ」

この人には強く出られないのかな？

ダンドが渋々認めると、お婆さんは僕たちの方をバッと向いた。

「これはこれは。その節は、このバカがご迷惑をおかけしました。私どもの方でも手を焼いておるんですが、誠に申し訳ありません……ほら、あんたも！」

腰を低くして、謝罪してくるお婆さん。

彼女はダンドの頭を力任せに押さえ、下げさせる。

「今日も目の届くところにおいて強く言っておりますので、何卒ご容赦を」

「いえ。わ、私たちはそれほど……」

代表してカトラさんが、胸の前で手をまぁまぁと動かす。

「本当に申し訳ございません！　そうだ、つまらない物ですができたての瓶詰めでも持って行ってくださいな。この子を元の場所に戻して、すぐに持ってきますので」

「うぐっ。おいっ、ニグ婆！」

「ほら、あんたはこれ以上問題起こすんじゃないよ！　大人しく私たちの手伝いでもしときな」

お婆さんはダンドの首根っこを摑むと、早足に広場へ戻っていく。

ぱ、パワフルだなぁ……。

完全にペースに追いつけず、ぽつんと残された僕たち。

「な、なんか嵐のような人ですね……」

謝罪にかこつけて、つけいる隙を与えないためかとも思った。

でも、まあ多分普通にそういう性格なだけなんだろう。それならそもそも謝ったりしなかったらいいわけだし。

僕たちが待っていると、お婆さんはすぐにいくつかの小箱を抱えて戻ってきた。

「これ、どうぞ貰ってください。うちで作ってる物ですので」

ニグ婆から木箱を受け取ったカトラさんがぺこりと頭を下げる。

「あら、本当に良いんですか？　ありがとうございます」

「ほら、ちゃんと人数分ね」

僕たち全員にくれるみたいだ。

パッと見た感じ、そこそこ高価そうな物なのにな。

お婆さんが最後の一つを開け、その質の良さそうな箱の中身を見せてくれる。

「カンバを天日干しにして、オイル漬けにしているんです。パンに載せて食べても良し、それこそ最近流行ってるパスタに合わせても絶品よ」

カンバ……か。

萎（しお）れた黄色がかったトマトのような物が、オイルで満たされた瓶（びん）の中に見える。ダンドたちが天日干しにしてたのはこれだったみたいだ。

「これ、食べたことある。おいしい」

瓶詰めを見て、リリーが呟（つぶや）いた。

「まあっ、嬉（うれ）しい。昔にうちの母親が考案した物でね。私たちも愛情を持って作ってるから、美味しく食べてもらえると有り難いです」

「うん。ありがとう」

柔らかく微笑むリリー。

さっきまで絡んでくるダンドに疲れた様子だったけど、それを忘れさせるくらい美味しい物なのかな？　ちょっと期待だ。

「北から来られたってことは、皆さんは船でどこかに？」

木箱を全部受け取ると、僕たち一行を見てからニグ婆が尋ねてきた。

カトラさんが答えてくれる。

「いえ。ネメシリアへは旅の途中で観光に」

「観光ですか！　それこそ楽しんで行ってもらわないといけないのに、またダンドのバカがご迷惑をおかけして……すまないねえ」

ニグ婆は後ろを見て、さっき引っ張って連れ帰ったダンドに目を向けた。

ダンドは他のお婆さんたちに指示されながら、ふてくされた様子で天日干し用の大きな網を運んでいる。

「あの子も悪い子じゃないと信じたいんですがね。最近は人様に迷惑ばかりおかけして。父親に反発して、漁師にならないの一点張りで……」

「あ、親御さんは漁師をされているんですか？」

漁師町で何故か冒険者をしている上に、今は年配の方々の中で作業をしている。

親の影が見えず少し気になっていたので、僕が訊くとニグ婆は頷いた。

「ダンドは私の息子夫婦の子で。母親はもういないんですが、父親が今も漁師を。この街で育った男は、あの年になったら漁師になるのが普通なんですがねえ。あの子は反発するように冒険者になって、父親たちが海に出ている間は監視がないから問題を起こすんです」

だから今は無理矢理自分たちの手伝いをさせている、とニグ婆が付け加える。

……なるほどなぁ。

まあ、親に反抗する形で一応冒険者になったってくらいなんだろうか。

本気で冒険者として生きていきたかったら、あまり仕事がないネメシリアを出た方がいいわけだし。

いや、それとも単純に街を出る踏ん切りがつかないだけなのかな。

僕はそんなことを思いダンドの心の内を想像した。

だけど、カトラさんはどんな事情があっても人に迷惑をかける冒険者を許していないみたいだ。

特に何の反応も示さず、話を受け流している。

リリーはニグ婆に貰った瓶詰めを箱から取り出し、陽の光にかざしている。

レイは退屈そうに、潮風に目を細めながら欠伸中だ。

ニグ婆はダンドの今後を憂いたのか、溜息をひとつ吐いてからこちらに向き直った。

「そうだ。観光でいらしたんなら、せっかくですから街の漁師たちが使ってる港を案内しましょうか。明日の昼頃でしたら時間もありますし、もしよろしければ」

「あー……」

カトラさんが頬に手を添えて、僕たちの顔色を窺う。

僕としては嬉しい話だけど、リリーは……うん、あまり前向きじゃなさそうだな。

これ以上ニグ婆と関わって、今後もダンドと接触する可能性があるのを避けたがっている雰囲気がある。

それを感じ取ったのか、ニグ婆がそっと言った。

「もちろん、ダンドはここに置いて」

姉御だとか呼んで、ガツガツくる彼がよほど嫌だったのだろうか。ニグ婆の最後の一押しで、リリーの表情が明らかに良くなった。

カトラさんが、その様子を見て苦笑しながら頭を下げる。

「で、では……」

「はは。それじゃあ明日の昼頃、いつでもここに来て頂けたら」

「はい。ぜひ、よろしくお願いします」

◆

夕方頃まで街をふらついてから、僕たちは宿に戻ってきた。

今は食事も終え、就寝前ののんびりタイム中。

子供の僕とリリーだけでなく、カトラさんも服を外出時に着る物から肌触りがいい寝間着に変えている。

この規模が大きい銀の海亭でも、それぞれの部屋にトイレはない。一フロアに二つずつ、廊下の突き当たりに共用のものがあるだけだ。

だから用を足しに僕が外に出て、部屋に戻ってくると……。

リリーが備えつきの机に向かっていた。下を向いて、何やらペンを動かしている。

「あ、マジックブック」

「うん。パパたちに、報告」

僕が彼女の手元にある物の正体に気付くと、リリーは視線を落としたまま小さく頷いた。

そうか。

順調にネメシリアに到着できたけど、僕たちがフストを発ってから今日で一週間。ジャックさんたちにリリーが持たされたこの魔法の本で、現況を報告する日だったな。

移動中は僕のアイテムボックスに入れてたけど、宿に着いてからリリーに返していたんだった。

正直もう、いつが報告する日なのか忘れていた。

ジロジロと内容を見るのも……良くないだろう。

うん。

僕は自分のベッドに腰掛け、リリーのペンが止まるのを待つことにした。

ベッドの上ではレイが丸くなってウトウトしている。隣のベッドに腰掛けるカトラさんも、僕と同じようにリリーのことを待っているみたいだ。

「トウヤ君。さっきリリーちゃんと話して、明日の朝にネメステッド像に行くことになったのだけれど、大丈夫だったかしら？」

「はい。じゃあ明日は朝に像を見に行って、お昼からお婆さんに漁港を案内してもらう感じですか」

「そうね。あ、せっかくだからカンバのオイル漬け。朝食にでもパンにのせて食べてみましょうか。明日お会いしたときに、感想を伝えられると良いでしょうし」

「たしかに！　その方がいいかもしれませんね」

頂き物の感想を伝えられる、いい機会かもしれない。

カトラさん曰く念のため宿側に確認しておけば、持ち込んだ物でもオイル漬けくらいなら食堂で食べても問題はないだろうとのことだ。

僕たちの話が一段落したところで、リリーが席を立った。

「……あら。リリーちゃん、終わった？」

「うん。パパからも返事があった」

カトラさんの問いに、リリーが合わせ鏡のマジックブックを持ってこちらに来る。

「パパたちも明日、出発するらしい」

本の中を見せてくれる。

なるべくコンパクトにまとめたリリーのメッセージの下に、ジャックさんの言葉がある。


『ネメシリアに到着した。みんな元気。パパとママのこと待ってる』

『ああ良かったよ！　怪我はしてないかい？　風邪は引いてないかい？　しっかり食べて、しっかり寝て、体調にだけは気を付けるんだよ！　決してカトラちゃんとトウヤ君から離れたり、一人で行動したりはしない——ごめんなさいね、パパが長々と。ママたちも明日フストを発つわ。今度は一週間後、直接。リリーも元気で』

お、おお……。

そこまで文字が大きくないからページが埋まったりはしてないけど、ジャックさんが親バカっぷりをいかんなく発揮しているなぁ。

すごい。

途中で打ち切って、連絡事項をまとめたのはメアリさんのようだ。

リリーのこととなると普段の切れ者感がなくなり、感情豊かな表情になるジャックさんの心配そうな顔が浮かんだのか。僕と同じようにカトラさんも苦笑して、「ジャックさん……」と漏らしている。

それからしばらく三人で話してから、瞼が重くなってきたので今日はもう寝ることになった。

「それじゃあ消すわね。おやすみ」

「はい、おやすみなさい」

「……おやすみ」

カトラさんが最後に、枕元にある魔石を使った照明の捻りを回す。

すると部屋は真っ暗になった。

布団にくるまりながら横を向く。ちょうどお腹の前辺りでレイが眠っているけれど、ベッドの大きさ的に狭さは感じない。

僕のベッドは部屋の一番奥の窓側で、今背中を向けてる方にカトラさん、その向こうのドアに近い場所にリリーが寝ている。

暗闇に感じた室内にも少しずつ目が慣れてきた。

大きめの窓から差し込んだ月明かりに、美しい星空。綺麗だなぁ、やっぱり。

ちょっとの間それを見てから、僕は目を閉じることにした。

……。

で、白い空間に来ましたと。うん。

昨日の夜に接触がなかったから、さすがに今日はあるだろうと薄々感じてはいた。

だから驚きはない。

でも目の前にいたのがレンティア様じゃなくて、僕より僅かに身長が高い、中学生くらいの少年だったから目をパチパチと瞬かせてしまう。

だ、誰……?

まあ、この空間で今の僕が、レンティア様以外に会う可能性がある方といえば大体の予想はつくけど。

少年の左手には、身長を超える長さの黒杖。先端にはキラリと光る石が嵌められている。

左目を覆う革製の眼帯に、はためく漆黒のコート。

僕が見つめていると、少年はバシッと音が聞こえてきそうな勢いで右手を目元に被せた。

こっ、これは……。

「よくぞ来たな！　生命と愛の女神の恩寵（おんちょう）を受けし使徒よ――ッ!!　待っていたぞ……ォ。知性の神ネメステッドとは、我のことだ!!」

「……は、はじめまして。トウヤ……街見透也（まちみとうや）と申します」

しっかり頭を下げる。想像してた感じとは違ったけど、ここは冷静に。変なリアクションを取って失礼があってはならない。

そう思ってのお辞儀だったんだけど。

「……あの、ネメステッド様？」

手で片目を隠したポーズのまま、ネメステッド様がピクリとも動かなくなってしまった。

微妙な空気が流れる。

な、何かいけないところがあったかな。

僕が一人不安になっていると、不意に横から「ごほんっ」と咳払（せきばら）いをする音が聞こえてきた。

「あれっ、レンティア様。いつの間に？」

「すまないね。ちょっと用事があって、コイツとの顔合わせに間に合わなかったみたいで」

「ああいえ！　僕も今来て、まだご挨拶をさせていただいていただけなので。それよりも……」

僕としては有り難いタイミングで来てくれた。本当に。

レンティア様に状況を話してから、未（いま）だに動かない色々な意味で中学二年生くらいの見た目をしている神様に目を向ける。

と、同時に……あっ、動いた。

ようやく動き出したネメステッド様は、僕とレンティア様に見つめられながらゆっくりと腕を下ろし、そして腕を組んで直立でこちらを見てくる。

「……ふぅ」

何故か一息吐いて、さぁ会話を進めるのはそっちの仕事だといった目で。

「えーっと……」

「気にするんじゃないよ」

戸惑う僕に、レンティア様が教えてくれる。

「コイツはなかなかに面倒な性格でね。普段から好き好んで変なしゃべり方をするくせに、かなりの人見知りなんだよ。初対面の相手には挨拶くらいしかやり切れないくらいにね」

「な、なるほど」

「今のは挨拶が終わって、どうにか話を続けられるか検討したが、やっぱり無理だと思って聞き手に回ろう……ってな感じだと思うんだけど、あってるかい？」

確認されたネメステッド様が、斜め下を見ながら小さく頷いた。

「ぐ、愚問だ」

心なしか耳が赤い気がする。

教会に置かれていた神像では、聡明（そうめい）な少年といったイメージを持たれてるみたいだったのになぁ。

実際はレンティア様と同じように、下界で思われてる感じとは違うらしい。

「じゃあトウヤ、アンタにはアタシから用件を伝えさせてもらうよ」

ネメステッド様が聞き手に回ることになったので、レンティア様が腰に手を当ててそう切り出した。

「はい。……って、多分ですけど貢物についてですよね？」

「まっ、まあそうなんだが」

貢物という単語に反応して、ビクッとするレンティア様。

ネメステッド様も、どこか気まずそうだ。

「前にいきなり、ネメシリアに滞在している間はネメステッド様にも観察されてると聞かされたときは驚きましたけど、別に普通に頼んでくれたら大丈夫ですよ？　おふたり分の貢物を送るようになっても」

「ほ、本当かい！　じゃあ……そういうことで」

一瞬、明らかに気がラクになったと思ってるのが伝わってきたんだけど。

レンティア様はすぐに切り替えて、落ち着いた様子をアピールしてくる。隣にいるネメステッド様は、声には出さないが普通に嬉しそうだ。

「わかりました。では、何か要望はありますか。あまり高価なものは厳しいかもしれませんが」

「クラクを使った料理を頼む。あと、できれば酒を少々」

レンティア様は料理とお酒か。

にしても……。

「クラク、ですか？」

「ああ。地球でいうところのタコに似た生き物だね」

「タコっ。この世界にもいるんですね！」

小麦粉の存在は確認しているから、もしかしたらたこ焼きを作ったりできるかもしれないなぁ。色々と手間はかかるだろうけど、これは期待だ。

「じゃあ明日、早速あれこれ調べてみます。運良くちょうど漁港に行く予定があるので」

「ああ、頼むよ。ネメステッドがクラクの唐揚げが気になって仕方がないらしくてね。前々からアタシも見せられていたんだが、これがまた旨そうなんだ」

「それは……。僕も俄然食べたくなってきました」

もしかすると、そのクラクの唐揚げが食べたくてネメステッド様は自分にも貢物が貰えるように取り付けたのかな。

ちらりと見ると、目が合った。視線はすぐに逸らされてしまったけど、ネメステッド様も会話に入ってくる。

「クラクは唐揚げだけの存在ではない……ッ。人間どもはアヒージョやマリネ、最近流行っているパスタにも入れて楽しんでいるようだ。様々な美食で我を楽しませてくれ、レンティアの使徒よ……！」

「はい。了解しました」

早口気味なその喋りを思わず微笑ましく感じてしまう。

初めはちょっと戸惑ったが、この神様も少し人見知りで、少し何かを患っているだけで、基本的にはいい方みたいで良かった。

ネメステッド様との顔合わせも終え、貢物についての要望を聞き終えた。今回はもうお別れの雰囲気が出る。

「あ、そういえば最後に確認になるのですが……」

そんな時、僕はあることを思い出してネメステッド様を見た。

「明日、みんなで高台にあるネメステッド様の像を訪れることになっているんですが大丈夫でしょうか？　こうしてお会いできたので、神像扱いになって謁見することになったりしないか心配で」

危ない危ない。

今のうちに訊いておかないと、後で取り返しがつかないことになるかもしれないからな。フストの教会でやらかしたときみたいに。

「ふっ、あんなもの……たかが巨像にすぎぬッ。我の足下にも及ばんわ——ッ！」

ネメステッド様の答えは……よくわからなかった。

ど、どういうことだろう？

僕がリアクションできずにいると、ネメステッド様も「え、伝わらなかった？」といった感じでレンティア様を見ている。

こうなったら頼るしかない、僕もレンティア様に。

「あの、レンティア様。つまり……？」

「はぁ……。なんでアタシがアンタたちの通訳にならないといけないんだい」

「も、申し訳ありません」

「ぬ。す、すまぬ」

僕たちが揃って頭を下げると、レンティア様は「まあ構わないんだがね」と言ってから人差し指を立てた。

「つまり、『ネメシリアにある像は人間が自分たちのために造ったランドマークにすぎず、神像ではないから問題はないぞ』ってことさ」

「あ、では教会にある神像とは同じではないんですね」

「そうさ。……まったくネメステッド、アンタはね。喋り方は好きにしても良いが、もっと伝わりやすくできるように努力するんだね」

「な、そ、それは……。我の言霊を読み取れぬ愚かな者たちの責任故、なんと言われようが知ったことではない。もちろん全てに通ずる万能語の運用に努めることができないわけでは――」

「はいはい。これ以上長くなる前に無駄話はそのへんでやめて、トウヤとはお開きにするよ」

レンティア様がパチンと手を鳴らして、強引に会話を打ち切る。

ショボンとしているネメステッド様。

僕が様子を見ていると、レンティア様が最後に言った。

「じゃあ、クラクについては頼んだよ。もちろん、酒も一緒に送ってくれると最高だがね」

「はい、なるべく早く入手できるように頑張ります」

返事をすると、二柱の神様が僕を見る。

「それじゃあ何かあったらまた」

「我も楽しみに待っているぞ。天界より見ているからな……ッ」

「了解しました。ネメステッド様もお会いできて良かったです。それでは、失礼します」

挨拶をすると、すぐに僕の意識は薄れていった。

◆

朝。

目を覚ますと、カトラさんとリリーはすでに起きていた。

初めてネメステッド様と会っていたからか、眠りが深くなっていたのかな？　三人の中で起床が最後になってしまうなんて。珍しい話だ。

まあ育ち盛りで普段から眠ってばかりのレイは、今日も気持ちよさそうにまだ横で寝てるけど。

僕たちは食堂で朝食をとってから、部屋に戻り寝起きのレイを連れてネメステッド像に行くことにした。

食事の際には、銀の海亭の女将さんであるブレンダさんに許可をもらってから、昨日ニグ婆から貰ったカンバのオイル漬けを食べた。

カリッと焼いたパンに載せて食べると、じゅわっと素材本来の甘みとオイルの香りが合わさって爽(さわ)やかな味わいだった。

「カンバ、美味しかったでしょ？」

「そうね。リリーちゃんが言っていた通りだったわ」

以前に食べたことがあるというリリーが、隣でカトラさんとそんな話をしている。

高台にあるネメステッド像の下まで来ると、像の中は途中まで上っていける構造になっていた。

せっかくだ。僕たちは高所からネメシリアの街を一望して、それから昼にニグ婆と待ち合わせている場所へ向かうことにする。

だけど……うん。

像とはいえ、さっきまで会っていたネメステッド様の体の中に入るのは、なんか変な感じだなぁ。直接会ったから、気まずいというかなんというか。

普通に恐れ多い気もするし……。

「……ん？　えっ、入場料がかかるんだ。中に入るのって」

ネメステッド像の足下にある開けた場所。像内への入り口まで行くと、簡単なゲートのようなものがあった。

思わず驚いて足を止めてしまう。

そんな僕に、以前に訪れたことがあるというリリーが教えてくれた。

「大人は銅貨一枚。子供は、タダ。レイは……タダ？」

おっ。

「じゃあ僕たちは……」

「うん、タダ。有料なのはカトラちゃんだけ、多分」

おお。

どうやら無料で入れるみたいだ。

レイがどうなのかは、まだ不確かだけど。まさかこんなところで子供であることの恩恵があるだなんて。

まあ、大人も銅貨一枚ってことは修繕費とかに当てられる募金みたいな感じなのかな？

僕とリリーがカトラさんを見上げると、彼女はポケットから銅貨を取り出し、「私はこれね」といった感じで見せてくる。

朝なので入場口に長い列ができていたりはしない。前にちょうどいた旅人風の装いの男性に続き、僕たちも像の中へと入る。

結果、問題なく同行できたレイは……見事リリーの予想が当たり、子供と同じで無料だった。

ちなみに抱えたりしていれば良いが、地面に下ろすのは厳禁とのことだった。

「あら、中は結構新しめで綺麗なのね。風通しも良くて涼しいし」

ネメステッド様の体内を見て、カトラさんが意外そうに眉を上げる。

たしかにだ。

それこそつい最近に修繕でもされたのかな。しっかり掃除された石造りの床や壁には目立つ汚れもない。

「そうですね。外観はある程度の歴史を感じましたけど……」

僕も頷きながら、先導してくれてるリリーの後ろをついていく。

決して狭くはないが、だだっ広いわけでもない。

入ってすぐは天井(てんじょう)があったが、一つ階段を上ると、あとは吹き抜けで階段がずっと上まで続いていた。

レイは抱き上げたまま、ぐるぐると回りながら上り続ける。

「大丈夫、リリー?」

「……うん」

途中、リリーが少し疲れ始めたようだったので、僕とカトラさんもペースを落とすことにした。

僕たちほどではないとはいえ、リリーも体力がからっきしなわけではない。

なので、そこまで時間がかかることもなく、最上階の展望台まで無事に三人揃って辿り着くことができた。

展望台は外から見ると、ちょうどネメステッド様の首あたりに位置してるらしい。

下から見たときはわからなかったけど、ワンフロアごと展望台になっており、壁の大部分が鉄柵になっていた。

やっぱり昨晩、夢の中で会った方の首の中にいるなんて変な経験だな……。きっと、そうあることではないはずだ。

まあまあ風があるが、温暖なネメシリアの気候もあって気持ちがいい。

「おお……」

「これはまた凄い景色ね……」

外に見える光景に僕とカトラさんが感嘆しながら鉄柵に近づいていくと、少しは疲れを見せていたリリーも、やはりさすがにここまで来るとテンションが上がったみたいだ。

僕たちから少し遅れて、元気になった様子で横に駆けて来た。チラリと見ると、爽快そうに僅かに口角を上げ遠くを見ている。

ビュウビュウと鳴る風の音。

そもそもが高台にある巨大な像の上だ。鉄柵の外にはかなり下にネメシリアの街が広がっている。海を挟んで湾の向こう岸までも見ることができた。大きな海側に目を向けると、遠くの島々なんかも見える。

遠い水平線がきらきらと輝き、銀の海亭からでは望むことのできない場所まで観察することができる。陸側には、小さくロッカーズ大橋らしきものが見えた。

ネメステッド様が持つ杖の部分には、鳥が巣を作っていたりする。

なんか、この像が長らく街を静かに見守り続けてるんだって実感させられるなぁ。

三人で色々な場所を指でさし見合ったりして、しばらくのんびりと眺望を堪能した後、僕たちは下に戻ることにした。

……。

「いやぁ～凄かったですね！」

地上に帰還し、外に出る。

「わたし、あれ買う」

するとリリーがそう言って、広場の端にある売店に足を向けた。見ると、どうやら記念のネメステッド像キーホルダーが置かれているようだ。

僕とカトラさんもリリーについて売店へと行く。

売店に並べられたキーホルダーを手に取ってみると、紐がつけられたメダルにネメステッド像が描かれている。

「せっかくだし、僕も買っておこうかな」

「そうねぇ……記念に、みんなでお揃いにしてみましょうか」

と、いうことで、結局僕とカトラさんも購入することに。

売店のお爺さんに支払いを済ませ、お手軽価格のキーホルダーを受け取る。

そうして僕たちは、そろそろニグ婆との約束をしている昼頃なので、昨日の海沿いの道を目指して坂道を下ることにしたのだった。

神の使いでのんびり異世界旅行
~最強の体でスローライフ。
魔法を楽しんで自由に生きていく!~

第三章 食欲が海に連れていく

ニグ婆は今日もカンバの天日干し作業をしていた。黄色い野菜が網に並べられ、萎(しお)れてしわくちゃになっている。

「こんにちはー」

カトラさんが声をかけると、僕たちに気付き作業を止めてこちらを見た。

「あら、今行きますからね。ちょっとだけ待ってくださいな」

区切りの良いところまで作業を進めたいようだ。

ニグ婆は手際よく十個以上の網を上下反転させていく。それから周囲にいる他のお婆(ばあ)さんたちに挨拶(あいさつ)をし、こっちに向かってきた。

そういえば……今日はダンドの姿が見えないな。

辺りを見渡してから、やって来たニグ婆に僕とリリーも挨拶をする。

「こんにちは」

「……こんにちは」

あれ、今……。

僕とリリーに合わせて、道中で肩に乗せることにしたレイも心なしか頭を下げたような。

もしかして、お辞儀の意味を理解してやったのかな。

レイのことだからあり得るかもしれない。

ニグ婆は挨拶を返してくれながら、足を止めることなく僕たちの前を通過した。これから行く方向を示すように数歩進み、振り返る。

「ダンドの馬鹿(ばか)は奥で作業させてますんで、見つかる前に早いとこ出発しましょうか」

なっ、なるほど。

ダンドの姿が見えなかったのは、そういうことだったらしい。

僕たちが絡(から)まれないように、ニグ婆が奥で作業するよう手回ししてくれていたみたいだ。不憫(ふびん)な感じだが、まあ実際に見つかったときのことを想像したら強く否定もできない。

「あ、あはは……」

なので僕は苦笑いで誤魔化(ごまか)すことにする。カトラさんとリリーに至っては、真(ま)っ直(す)ぐに感謝の表情を浮かべてるけど。

とっ、とにかくだ。

ニグ婆を先頭に、僕たちは海沿いの道を奥の方へと進んでいくことになった。

漁港へは十数分で着くそうだ。

途中、カトラさんが昨日頂いたカンバのオイル漬けの感想を伝えると、ニグ婆は嬉(うれ)しそうに微笑(ほほえ)んでくれた。

「お口に合ったようで良かったです。全(すべ)て手作業で作っているので数に限りはあるんですが、気に入って頂けたのならまた手に取ってみてくださいな。この時期はまだ、街の商会に卸してある在庫もあるはずですので」

「街を出る際にはぜひ追加で、今度はしっかり買わせていただきますね」

次は客として、ちゃんとお金を払って。

目尻を下げながらわざとらしく自分たちの商品を売り込むニグ婆に、カトラさんもわざとらしく強調して答えている。

ニグ婆も、笑ったら最初に見たときの印象とは随分違って柔らかい雰囲気だ。

楽しそうに会話する二人の後ろをついていっていると、隣にいるリリーがぽつりと呟いた。

「カンバの瓶詰め、うちの商会にあるはず」

前にいるカトラさんたちには聞こえないくらいの声量だ。

僕に向かって言ったらしい。

歩きながら僕がリリーを見ると、肩の上にいるレイも同じように顔を向ける。

「商会って、この街にあるっていう?」

「うん。クーシーズ商会」

このネメシリアの街にあるジャックさんたち傘下の商会だ。名前までは聞いていなかったけど、クーシーズ商会って言うのか。

あんなにやり手のジャックさんたちが関わっているんだから、多分しっかり数を確保してるんだろうなぁ。

こんなに美味しいカンバのオイル漬けだったら、絶対に売り上げ好調なはずだし。易々見逃したりしないだろう。

「じゃあ、そこで買わせてもらったらいいかもね」

リリーもいることだし、割引してくれたりしないかな。

我ながら情けないが、そんなちょっとケチなことを考えていると、リリーがこくりと頷く。

ふと、再びカトラさんたちの会話に意識が行くと、ニグ婆の言葉が聞こえてきた。

「一番お世話になっているのはクーシーズ商会という場所ですから。そこに行かれたら間違いなく買えるはずです」

…………。

僕がバッとリリーに視線を向け直すと、こちらを見た彼女はすんとした表情のまま顔の横で親指を立てていた。

アンバランスな格好だが、無言でイェイって言ってる感じだ。

大手取引先として数を確保してるとは思っていたけど、まさか一番の卸先だったなんて。

まあ、うん。

そういえばこれがフィンダー商会クオリティーなんだった。

いやぁ、久しぶりにジャックさんたちの大物っぷりを感じた気がするなぁ……。

リリーがクーシーズ商会の関係者だとニグ婆に知られても良いのかわからなかったので、今はとりあえずこれ以上話を広げない方が良いだろう。

自分の頬がヒクつくのを感じながら、僕はリリーを見るだけに止めておくことにした。

道の突き当たりまで行くと、簡易的な門があった。

「さあさあ、こちらです。今頃はもううちの息子たちも陸に戻ってるはずですが……」

ニグ婆の案内で、そこから中に入って漁港の中へと進んでいく。大きな建物の角に出ると、ぱあっと視界が開けた。

長く伸びた桟橋に寄せられた大小様々な船。波打つ海。

一方で今横を通ってきた建物は、海側には壁がなく屋根だけの作業場のような場所になっていた。

「ああ、いましたいました。アルヴァンや！」

そこにいる複数人の方に向かってニグ婆が呼びかける。

すると、その中から一人の男性がこっちに小走りでやってきた。

「おお。今日はなんだ、おふくろ」

筋骨隆々で背の高い男性だ。

グランさんなんかと同じ感じだけど、その浅黒い肌がさらに日焼けしているので受ける印象はまた違う。

次いで僕たちに目を向けた男性を見て、一目で似てるなと思った。

この人がニグ婆の息子さん、ダンドのお父さんか。

「この方々に漁港を案内しようとな。ほら、一昨日ダンドのバカがご迷惑をおかけした」

アルヴァンさんに、ニグ婆が僕たちを紹介してくれる。

ダンドが起こした一件は、当然だが知っているようだ。アルヴァンさんはハッとすると、両手を綺麗に太ももに添えて深く頭を下げてくれた。

「おおっ、これは。いや、うちのバカ息子が申し訳なかった。親父として謝らせてくれ！」

勢いよく大きな体を折り曲げるので、ぶわぁっと風が来る。

僕の横ではカトラさんが、その気迫に押されて胸の前で手をまぁまぁとしている。

「い、いえ、お気になさらないでください。お母様からも謝罪していただきましたし、私たちの方こそカンバのオイル漬けもいただいちゃいましたから」

そう言っている間も、これでもかとアルヴァンさんは深く深く頭を下げ続けている。

……ま、真っ直ぐすぎる謝罪だな。

さすがにカトラさんも少し困っちゃってるくらいだ。

ただ、アルヴァンさんも本当に責任を感じ、心の底から申し訳なく思っているだけみたいだからな。

僕たちを困らせたいわけでも、こうすれば事が済むと思っているわけでもない。他に思いを伝える手段が浮かばず、こうして頭を下げ続けてるのだろう。

カトラさんは指先で頬を掻きながら、僕とリリーに目を向ける。

「トウヤ君も、リリーちゃんもそうよねっ？」

「はい。今日もこうして案内していただいてるわけですし」

「うん。お婆さんのおかげで……プラマイゼロ」

だから困ってるカトラさんを助ける意味合いも含めて、僕とリリーは頷いた。

「……そう、か」

アルヴァンさんは顔を上げ、最後にもう一度頭を下げる。

「本当にすまなかった。ありがとう」

そして次に顔を上げたとき、ちょっとだけ安堵の様子が覗いていた。

なんだか、不思議な魅力がある人だな。精悍な顔つきとかからは力強さを感じるのに、瞳には少年のような無垢さがある。

「これまではダンドのことをおふくろに任せっきりでな。三度も人様に迷惑をかけたことは、叱りつけるだけだった俺の落ち度だ……。しっかりと向き合ってみようと思う」

「ハァ、昨日もそう言ってたんだがね」

ニグ婆にやれやれと溜息交じりに言われ、決意を固めたように視線を落としていたアルヴァンさんがぎくりとする。

「なっ、き、昨日は氷造機の故障で帰りが遅かったから仕方なかっただろっ」

「まったく、息子と向き合うのに照れくさがってんじゃないよ！　他の漁師たちが庇ってくれたから、ダンドの件は誰もが目を瞑って許してくれてるんだ。あんたが何とかすると期待してね！」

うん？

交通の要衝であるロッカーズ大橋を一時的とはいえ封鎖したダンドが許されたのって、周りのおかげってことなのだろうか。

「他の漁師さんたちが庇ってくれたんですか……？」

気になって思わず訊いてしまう。

するとニグ婆は僕の方を見て頷いた。

「ええ。アルヴァンは数年前からこの街の漁業組合の長をやっていてね。慕ってる連中が普段の恩を返す意味でお咎めなしにしてくれたんだよ」

「えっ。この街の漁業組合長ですか⁉　それって……」

ネメシリアは漁師と商人の街だ。

その片方で一番偉い人って、ジャックさんじゃないけどアルヴァンさんもアルヴァンさんでかなり凄い人なんじゃ。

「立派な息子さんですね」

カトラさんが眉を上げニグ婆に言ったが、それに応えたのは当のアルヴァンさんだった。

「いや、俺はただ一介の漁師にすぎねえよ。周りのヤツらに面倒ごとを押しつけられてるだけでな」

本人はこう言ってるけど、多分違うんじゃないかな。あくまでこの短時間で感じたことでしかないけど。

おそらく本当に父親のアルヴァンさんが街の中心的な人物で、周りが慕っているからこそダンドは許されたのだと思う。

ロッカーズ大橋がネメシリアの商人たちがメインで使う場所じゃなかったのも良かったのかもし

れないが。

「ともあれ、おかげで幸いダンドは罰を科されていないんだ。だがね……」

ニグ婆は釘を刺すようにアルヴァンさんに顔を寄せる。

「次にまた同じ事があったらどうなることやら。だから氷造機とかなんとか言い訳してないで、とっととダンドと向き合うんだね！」

「んで俺が言い訳してるってことになってんだよ。実際今だって直ったと思ってた氷造機が……うぉおっ、そ、そうじゃねえか！　おふくろ、また氷造機がダメになっちまったんだよ!!」

アルヴァンさんはニグ婆と言い合っている中で、大切なことを思い出したようだ。真顔になったかと思うと苦い表情をしている。

だ、大丈夫なのかな？

リアクション的に、かなり大切な物が壊れてしまったみたいだけど。

「……氷造機って、何？」

リリーがぽつりと言う。

どうやら、それが何か知らないのは僕だけじゃなかったらしい。ついでにカトラさんの顔も窺ってみたが、同じくピンと来ていない様子だった。

「あそこにある大きい魔道具よ」

そんな僕たちに、ニグ婆がさっきまでアルヴァンさんがいた倉庫のような建物の中を指して教えてくれる。

見ると、そこには銀色の巨大な箱が置かれていた。

たしかに、あれが魔道具なんだったら僕が今まで見た中で一番大きいかもしれないな。馬車よりも一回り上のサイズに見える。

遠目からでもわかる巨大さに、リリーも感嘆している。

「……大きい」

「漁で取ってきたものを輸送するために必要な氷を作ってるのよ。ここの漁師たち全員が使うものだから、あの大きさで。人の魔力じゃ足りんから、大量の魔石を消費しながらも使ってるんだがね」

ふむふむ、とニグ婆の説明を聞く。

なるほど……。

優れた魔法使いでもいない限り、港から海産物を運ぶために必要な全ての氷を作ったりはできないもんな。

そこまで魔力がある人は、あちこちにいたりはしないってことらしい。

「このままじゃ今日揚げた残りの分が全部ダメになっちまう。おふくろ、街で片っ端からあるだけの氷を集めるんだが、うちからもいいかっ？」

「ああ、構わないよ」

「助かる！」

「それにきっと周りの家も問題はないと思うがね……。あんたたち、いい加減に新しい氷造機を買うんだよ」

「それは……まあそうだな。デカい出費になることに違いはないが、こればかりは仕方ねえ。今日もどれだけの損失がでるかはわからないからな。こう何回もあられちゃ困る」

アルヴァンさんは一歩下がり、半身になると片手を挙げる。

「っじゃあ、お三方も今日のところはすまないな。急ぎでやらなきゃならないことがあるから、これで失礼する」

これから街中から氷を集めたとして、果たしてそれで足りるのだろうか。

リリーがダンドを氷漬けにしたことをニグ婆は知っている。

なのに無理に手助けを求めてこないってことは、多分遠慮してくれてるのだろう。迷惑をかけた手前、さらに頼み事をするのは申し訳ないと。

去って行こうとするアルヴァンさんを前に、僕がふとリリーとカトラさんを見ると二人も同じように互いの顔を見ていた。

……うん、考えていることは一緒だったみたいだ。

三人で視線を合わせ、頷き合う。

この街にいないレベルの魔力量を持った、大量の氷を造ることができる人物。それが、ここには二人もいる。

カトラさんは氷系が得意じゃないみたいだから、僕とリリーの二人だ。

「あの……」

代表して僕が口を開くと、アルヴァンさんが足を止めた。

「どうかしたか？」

別に減る物でもないし、困っている人が目の前にいるんだもんな。観光のついでだ。できることなんだから、やってみよう。

「その氷、僕たちが魔法で作りましょうか？」

だから、そう提案してみた。


結果から言うと、アルヴァンさんと話し合って僕たちの提案は受け入れられた。

ちなみにリリーがダンドに向かって凄い魔法を放ったことは、アルヴァンさんも知っていたらしい。

だから協力を申し出たら、リリーについては案外すんなりと受け入れてくれたけど……。僕も同じようなことができるから、二人でやると言ったらかなり驚かれた。

まさか十歳児が二人とも、そんな量の魔力を持っているとは思ってもみなかったそうだ。

まあ今の僕ができるのは、氷の生活魔法でゴリ押しすることだけだ。挑戦してみたら、リリーと同じように一般魔法でできたりしないかな？

……ま、今はいいか。

「よし、じゃあついてきてくれ。他のヤツらには俺から説明する」

「はい！」

まだ全面的に信頼してくれているわけではないのかもしれない。

だけど今は一刻を争う状況だ。

可能な限り早い方が良いので、アルヴァンさんの後を僕とリリー、カトラさんとニグ婆も駆け足で続き氷造機の方へと向かう。

人だかりの中には、すでに布で包んだ氷を両手一杯に持ってきている人の姿もあった。

そのせいなのかな？

中に来てみたらちょっと涼しい。

しかし快適な空間というわけではなく、指示やら何やらが飛び交っていてかなり騒々しかった。

「お前らー、話があるッ！」

そんな中、建物の入り口付近でアルヴァンさんが叫ぶと、良く日焼けした巨漢たちが一斉に動きを止めた。

一瞬で辺りが静かになり、こちらに視線が集まる。

い、威圧感が凄いな……。

「何か決まったのか、アルヴァン？」

集団の中から、代表してアルヴァンさんに尋ねる声がした。

声の主（あるじ）を探していると、奥から腕まくりをした男性が出てくる。

「ああ。お前らには手を煩（わずら）わせちまったが、今日のところはなんとかなりそうだ」

アルヴァンさんが、その腕まくりをした細マッチョのイケオジに返事をする。代表して訊くってことは、この人も組合内で偉い方なのだろう。

アルヴァンさんとも近しい関係のようで、ニグ婆に会釈してから、ちらっと僕たちを見た。

彼はすぐに視線を戻したが、周囲の他の人たちは興味ありげに僕たちを見続けてきている。

「この人たちが魔法で氷を作ってくれることになった」

「ま、魔法でか⁉」

アルヴァンさんの説明に、細マッチョの男性は目を丸くしている。

「そうだ。この……」

「トウヤです」

「……リリー」

「お二人がご厚意でな。まあ、こうなったら新しい氷造機は明日までに商人から急ぎで手に入れないといけないが」

アルヴァンさんに促され僕とリリーが前に出る。

僕の肩からレイが地面に飛び降りた頃、ワンテンポ遅れて周りがざわつき始めた。

「あの子供、二人がか……？」

「本当に大丈夫なのか？」

「いや、すげえ魔法使いなんだったら年齢は関係ないだろ」

あちこちで言葉が交わされ、決して少なくない数の不安をはらんだ視線を向けられる。

「アルヴァンさん、じゃあ早速」

「ああ、すまないな。嬢ちゃんも頼んだ」

みんなの不安を取り払うには、行動で示した方が早いだろう。

だから僕が声をかけると、アルヴァンさんは一つ頷きリリーにも目を向けてから周囲に対し大きな声を出した。

「安心しろ、今からやってもらう！　ほら、そこ道開けろ！」

僕たちを氷造機のもとまで先導してくれるみたいだ。

「本当にもう大丈夫なんだな？」

「当たり前だ。ダンドのバカの頭を冷やしてくれたんだぞ」

すれ違いざま、細マッチョの男性がアルヴァンさんに話しかけるのが聞こえた。

「ああ、なるほど。この子たちだったのか」

そう言って僕たちを見る男性の横を、ぺこりと頭を下げて通過する。彼はもう安心しきった様子で腕を組むと、優しく微笑んでくれた。

「まあアルヴァンの言うことだ。黙って見ていれば大丈夫だろう」

通り過ぎた後、背後で彼が発してくれたそんな言葉を皮切りに、他の面々も一様に心変わりしたみたいだ。

「たしかに……それもそうだな」

「アルヴァンさんの言うことなら、心配の必要はねぇか」

す、凄い信頼関係だな。

命の危険もある海に共に出る仲間だから、こんな感じなのか。それこそ冒険者のパーティとも同じ感じで。

ぞろぞろと氷造機まで辿り着くと、排出口らしき場所の下にある巨大な受け皿から傾斜のあるレーンが伸びていた。

レーンは建物の奥側に続いて、枝分かれしていっている。

「今ある分だと、ここを一回山盛りにしてくれたら足りるはずだ。問題なさそうか？」

アルヴァンさんに訊かれ、改めて氷を入れてほしいと言われた受け皿を見る。人が何人も入れそうな、大浴槽とでも言えるくらいの大きさだ。

でも……魔力を頑張って使えば僕は問題ないかな。リリーもいることだし。

確認の意味合いでリリーを見ると、彼女はいつものすんっとした顔で小さく頷いた。

「はい、大丈夫そうです。ここに氷を入れたあとは……」

「あとは自動で流れていくから、そこからはこっちの作業だ」

「わかりました」

枝分かれしたレーンの先にある金属の板を外したら、その場所で箱に氷を入れていくのだろう。あれは魔道具とかじゃなく、上手いこと設計されているだけみたいだ。

あっ、そういえば。

このレーンって金属製だし、たこ焼き器を作ってくれる場所がこの街にあったりしないのかな？

……って、今はそんなことは置いておいて。

ダメだ、集中集中。

頭を振って、リリーに声をかける。

「リリー、じゃあ行くよ」

「うん。いつでもオーケー」

いつもと変わらない平坦な声は、頼もしい。

受け皿に向かって僕が両手を伸ばすと、リリーが詠唱を始めた。

彼女が出す魔力を感じ、僕もフルスロットルで魔力を放出する。いつもみたいにちょろっとではなく、大量の氷を作りたいんだ。

『氷よ』」

「『アイス・レイン』」

次の瞬間、僕の両手からは勢いよくピンポン球サイズの氷が飛び出し始めた。リリーも同じくらいの大きさの氷を、受け皿の上から雨のように降らせ始めている。

「うぉっ!? す、すげぇ……」

「これ、氷造機よりも速くないか?」

周りからはそんな声が聞こえてくる。

僕たちが一心に魔法を使い続けていると、みるみるうちに氷は溜まっていった。

ほんの一分も経たないうちに、受け皿は無事に山盛りの氷で埋まり、漂う冷気で周囲は肌寒くなっていた。

ふぅ。

作業を終え、リリーと一緒に振り返る。

「……えーっと」

目に入ったのは、口を開けたりしてポカーンとしている面々の姿だった。

氷を山盛りにしたし、これで終わって大丈夫なはずだ。

だけど、なかなか反応がない。どうしようかと思っていると、先頭に立っているアルヴァンさんがこっちに来た。

「二人とも、ありがとうな」

僕とリリーの肩に手を載せ、嬉しそうにくしゃっと笑う。

「これでなんとかなりそうだぜ」

アルヴァンさんはそう言うと、今度は後ろを向いて仲間の漁師たちを見回した。

「こんなに早く準備してくれたんだ！　この協力を無駄にしねえよう、さぁ働くぞ!!」

周囲を鼓舞するような声音。

ポカーンとしていた人たちも、アルヴァンさんの声で気合いが入ったんだろう。

みんな一様にキリッとした表情になったかと思うと、男たちの「おうッ!!」という野太い返事が返ってくる。

「っしゃ、やるか！　魔法使い様、ありがとうな！」

「マジで助かった！」

あちこちから僕とリリーに向かって、感謝の言葉が飛んでくる。

こうも感謝されると、照れくささもあるけどやっぱり嬉しいものだ。思わず口角が上がってしまうのを感じる。

隣にいるリリーも、心なしかいつもよりご機嫌に見えた。

氷造機の周りに集まっていた人たちが散り、氷が溜まった受け皿からレーンに繋がる部分にある板を外すと、一定量ずつ氷が流れていく。

レーンの先では早速布を敷いた木箱に氷が詰められ始めている。

あそこに魚を入れていくみたいだ。

みんな連携が凄い。

細かく担当分けされた流れ作業が始まる。

「礼は組合からさせてもらいたい。あとは組合長様になんでも言ってくれ」

あまりのテキパキさに、今度は僕たちがただ見ることしかできないでいると、さっきの細マッチョさんが通り過ぎざまに声をかけてきた。

氷の詰まった木箱を軽々と三つ積み上げて運んでるけど……す、涼しい表情だ。

「あっ、は、はい！」

そんなたいそうなお礼を貰う気は少しもない。だけど体裁もあるだろうし、仰っていただいたようにアルヴァンさんとの話し合いになるだろう。

「おい、サージ。無駄口はいいから働け働け」

突然話しかけられたので戸惑いつつ僕が返事をしていると、今度は背後からアルヴァンさんの声がしてきた。

細マッチョさん、もといサージさんは「やべっ」という表情で爽やかに笑いながら去って行く。

「へいへい。ま、つうわけであとは頼んだぞ。我らが組合長様」

「ったく、都合が良いヤツだぜ」

アルヴァンさんはやれやれと溜息を吐くが、あまり気にした様子はない。

というか、今は無事に氷を間に合わせることができ安堵の気持ちで一杯なのかな。

「あいつが俺に組合長を押しつけた主犯格なんだ。やつも副組合長なんていう役職についてるが、まともに手を貸す気はあるのか」

やっぱり。

あの人もリーダー格の一人だったみたいだ。

アルヴァンさんがしてくれる説明……というより独り言を聞いていると、少し遅れてニグ婆とカトラさんもこっちに来た。

「アルヴァンや、あんたこそ働いてきなさい！」

「あー分かってるに決まってるだろ、おふくろ。だがその前に謝礼について話し合わねえと、作業を始めたらいつまで時間がかかるかわからないしな。お三方を待たせるわけにもいかないだろ」

そんなことを話し、何度かニグ婆たちが言い合っている間にレイを肩に乗せる。

「トウヤ君、リリーちゃんおつかれ」

「あ、ありがとうございます」

「うん」

カトラさんの労いの言葉に応えていると、話が一段落した様子でアルヴァンさんが話しかけてきた。

「でだ。謝礼を贈りたいんだが、何をしたらいいだろうか？　ものによっては後日になるかもしれねえが、しっかり応えさせてもらいたい」

「そうですね……」

「トウヤ君たちで決めて良いわよ。二人がやったんだから」

僕が悩み、カトラさんの顔を窺うとそんなふうに言ってくれる。

「わかりました。リリーは、何かある？」

「うーん……せっかくだから、お金以外。あとはトウヤが決めて」

「お、お金以外ね……了解」

あったら困りはしないし必要だけど、たしかにせっかくできた縁だし何か普通は手に入れにくいものが良い気持ちも理解できる。

でも、それはそれで決めにくいんだよなぁ。

難しいお題だ。

「あっ」

なんて思っていたけれど、ふと良い案が思い浮かんだ。

というか思い出した。

「お、何か決まったか？」

アルヴァンさんに訊かれ、頷く。

「あの、クラクって手に入ったりしますか？」

そもそもここに来る上で、僕の目的はレンティア様たちに送るためのクラクの入手でもあったのだ。

これで漁師さんたちから新鮮なクラクを貰って、カトラさんやリリーと、僕たちも美味しい料理に舌鼓を打とう。

そう思ったんだけど……。

「あー今はクラクは揚がってねえな。この時季はわざわざ沖の方にある巣に行かないと獲れねえんだ」

「……なる、ほど」

アルヴァンさんからの返事は計画を断念せざるを得なさそうなものだった。

「すまねえな」

「い、いえ！　そんな」

よほど顔に出てしまっていたのか、申し訳なさそうにアルヴァンさんが謝ってくれる。

慌てて手を振るが、たしかにこれは困ったな。

レンティア様とネメステッド様がお望みのクラク。一体どうやって手に入れたものか……。

「だが、そうだな」

「え？」

頭を悩ませていると、アルヴァンさんがパチンと自身の腿を叩いた。

「漁師全員の一日の収入がほとんどなくなるかもしれなかった上、海の幸を無駄にするところを救ってもらったんだ。休日にはなってしまうが、クラク漁に船を出させてもらおう！」

「本当ですか⁉　ありがとうございますっ‼」

「それに素晴らしい魔法も使えることだしな、もし良かったら観光ついでに一緒に来てもらってもいいぜ」

まさか、そんな提案までもしてもらえるとは。

漁で海に出て行けるなんて、よい経験になりそうだし思っても見なかった幸運だ。僕と同じように、リリーも「おぉ……」と控えめながらも目を輝かせている。

「ほ、本当の本当ーに私たちも一緒にでよろしいんですかっ？」

何故か信じてなさそうな感じで、一番カトラさんが驚いてる。

「おう！　魔法使いがいれば漁も楽になるに違いねえしな。それに、魔法があったら実際どのくらい効率が上がるのか気になるんだ」

アルヴァンさんの快諾に、カトラさんは興奮気味だ。

そんなに海に出たかったのかな？

ハッと僕とリリーの視線に気付いたカトラさんが、顔を寄せてくる。僕たちが耳を近づけると、彼女は小さな声で事情を説明してくれた。

「普通、漁師たちは一般人を船に乗せてくれないのよっ」

「えっ。そ、そうなんですか……っ？」

「ええ、神聖な仕事場という考えが一般的だからね」

そういうことだったのか。

たしかに、これを聞くと船に乗せてもらえることがどれだけレアか実感できるような気がする。

お誘いの有り難さを認識し、僕たちは三人で頭を下げることにした。

「ありがとうございます！　ぜひよろしくお願いしますっ！」

「ああ、んじゃあ次の休日に。細かいことは宿にでも伝えに行かせてもらうからな」

こうして、なんとか当初の目的であるクラクを入手できる手筈が整ったのだった。

いや、でもまさか自ら獲りに漁に行くことになるとは。頑張るので少し待っていてください、レンティア様、ネメステッド様！

◆

次の日の朝。

欠伸をしながら食堂で朝食をとっていると、銀の海亭の女将であるブレンダさんに声をかけられた。

「昨日の夜に漁師のアルヴァンさんが来てね。漁は明後日にするから、夜明けの少し前に港に来てくれって言ってたよ」

「あら、昨日のうちにもういらっしゃっていたんですね」

モグモグと咀嚼（そしゃく）していたパンを飲み込み、カトラさんが口元を手で隠しながら驚いたように言う。

「ありがとうございます」

「はいよ！　忘れないようにね」

伝言の感謝を伝えると、相変わらずブレンダさんは忙しそうに大股の歩き方で去って行く。

その姿を見送ってから、僕はカトラさんとリリーに言った。

「……ということは、もう明日ってことですよね」

「そうね。明日は朝が早くなりそうだから、二人とも今日は夜更かししちゃダメよ？」

カトラさんが僕とリリーを見て、立てた人差し指を振る。

たしかに、ネメシリアに来てから寝るのが遅い日が続いてるもんな。夜が長い旅の移動中の反動でというか。

まあ、あくまでこの世界基準でだけど。

「わかり――」

「じゃあカトラちゃんも、今日はお酒禁止」

僕が大人しく言うことを聞いておこうとしていると、隣に座っていたリリーがぽつりと言った。

「えっ……？」

カトラさんは呆気（あっけ）にとられたように目を丸くしているが……。

「朝が早いから、今日は呑んじゃダメ」

「うっ」

よほどお酒が美味しいのか、カトラさんはネメシリアに到着してから毎晩色々なお酒を楽しんでいる。

僕としてはレンティア様に贈る候補を知れてるから有り難い側面もあるんだけど、たしかに今日に限ってはリリーの言う通りかもしれない。

「え、ええ。もちろん、最初からそのつもりだったわよ？　当然ね。当たり前じゃない」

頷きながらも顔を逸らすカトラさん。

「いやぁー、でも楽しみね。観光の一環として、漁に参加できるだなんて」

一瞬だけ絶望的な表情を浮かべてた気がするのは、きっと僕の見間違いだったのだろう。うん、多分そうに違いない。

「そ、そういえば、トウヤ君はなんでクラクが気になってたの？」

僕とリリーが送る「まったく大人ってやつは」といった目にもめげず、カトラさんが話題を振ってくれたので、パスタ屋のメニューで見て気になった、とクラクを手に入れたがっている本当の理由を誤魔化すことにする。

結局、朝食の時間はこんな感じで過ぎていき……この日は街の探索もそこそこに、しっかりと早い時間にベッドに入ったのだった。

そして、やってきた漁当日。太陽が昇るずっと前に僕たちは起床した。

食堂が開くよりも前の出発になるからと、昨晩のうちにブレンダさんが気を利かせて作ってくれたサンドイッチを食べ、宿を出る。

まだ日が出ていないからだろう。

温暖な気候のネメシリアも、早朝は過ごしやすい気温だ。

「……眠い」

ムニャムニャと、リリーが開いてるのかどうか微妙な目で呟く。

レイがいても問題ないようだったので連れてきたけど、無力化状態のレイもリリー同様に半ば眠っている。

というか、レイについては本当に眠ってるかも。

器用に僕の頭の上で丸くなっている。

坂道を下り、街に出てきたけど日中に比べて随分と静かだ。まだ人々が活動を始めている気配がしない。

でも、漁港が近づいてくると遠目からでも慌ただしさが伝わってきた。

腕を組んで門にもたれているアルヴァンさんが目に入ったので、近づいていって挨拶をする。

「おはようございます、アルヴァンさん」

「よう、昨日はちゃんと眠れたか？」

「はい。バッチリです！」

答えると、アルヴァンさんはにやりと笑う。

「それは何よりだ。寝不足だと船に酔いやすくなっちまうからな。じゃ、付いてきてくれ」

挨拶で挙げていた手を握り、親指で門の奥を指した彼に続く。

右から左、左から右。あちこちで行き交う漁師たちの中を、慣れた様子でアルヴァンさんは進んでいく。

僕たちも邪魔にならないようにしないと。

カトラさんとリリーと一緒に、なるべく早歩きでピッタリとアルヴァンさんについていくことにしよう。

しかし、この人の多さに違和感を抱いたのだろう。

「今日はお休みだったんじゃ……？」

後ろからカトラさんが質問する声が聞こえてきた。

アルヴァンさんは、前を向いて歩いたまま返事をする。

「ああ、俺たちのグループは休みだ。うちの漁師はいくつかのグループに分けられていてな。今日は全体の半分以下のグループしか海には出ねえんだ」

「こ、これで半分以下ですか……」

カトラさんの驚きが伝わってくる。

「……凄い人数」

リリーも同じくビックリしているようだ。

まあ漁船だから、基本的に働き続ける人しか乗らない設計なんだろう。

それにしても今日は天気が良すぎるから、あんまり涼を取れることは期待できないだろうな。

天気が良い方が海が荒れる心配がないのかもしれないけど、空に浮かぶ雲の少なさを見ていると不安にもなってくる。

わがままを言えば、ちょうど良く曇ってくれたりしてたら良かったんだけどなぁ……。

早朝とはいえ次第に気温も上がり、沖に出てきてから帆を張るまでの今まででも、こめかみに汗が流れ始めているくらいだ。

「ありがとうございます。じゃ、じゃあ、お言葉に甘えて僕たちはゆっくりさせてもらいましょうか」

気休めにしかならないだろうけど、せっかくの提案だ。

同様に汗をかき始めている様子のカトラさんとリリーに声をかける。

「暑い……」

ぐでーっとしながら、真っ先に向かうリリー。

続いて僕たちも帆の下辺りに移動する。

今日は漁の手伝いにと、普段からアルヴァンさんの下で働く十を超える人々が来てくれている。

本来だったら休日だったのに海に出てもらってる上に、自分たちだけ影まで使わせてもらうのは忍びない。

だけど、素人が下手にダウンした方が迷惑をかけるかもしれない。そう自分に言い聞かせ、涼ませてもらうことにした。

「ふぅ……レイ、あんまり邪魔にならないようにね」

影に腰を下ろし、念のため隣にいるレイに言っておく。

アルヴァンさんが許可してくれたので、船上ではレイは無力化を解いた状態で過ごせることになっていた。

真の姿を見て、一瞬だけ漁師の皆さんも驚いた様子だったけど、すぐにレイの賢さを実感してくれたようで今はもう警戒はされていない。

ネメシリアに入ってからというもの、無力化が続き窮屈な思いをさせてしまっていたので有り難い限りだ。

その上、自由に動き回わらせてもいいと先ほど言ってもらえたので、レイは船内を散歩するつもりらしい。

僕の言葉に「わふっ」と答えたかと思うと、尻尾をぶんぶん振りながら船の前方へと消えていった。

「あらっ。動き始めたら思ったより風があって気持ちいいわね」

「……？　あっ、本当ですね」

カトラさんの言葉に首を傾げたが、遅れて僕にもハッキリと分かるくらいの風が吹いてきた。

帆が受け、船を進めてくれている風が汗ばんだ首筋を撫でる。

生温いし、そもそも日差しが厳しいから少しでも無風になるとしんどいけど、たしかに風があるとまだマシだ。

「おーぉ……気持ちいい」

救いの風だと、リリーなんか立ち上がって全身で風を浴びはじめている。

船は構造が優れているのか、その巨体からは想像できないほどすいすいと進んでいく。

……。

陽光を反射して、きらきらと銀の鱗のように輝く海。陸から見るだけでなく実際に出てみるとまた印象が違う。

港の近くにある小さな島々の間を抜け、沖をさらにしばらく行くと、船は見渡す限りの海に周囲をぐるりと包まれた。

頭上を覆う青空に、どこまでも広がる海。

ぷかぷかと浮かぶいくつかの雲だけが、青色の中にある白色で、いつも空を見上げたら目に入る雲とは存在感が一段と違って感じられた。

「ほら。あそこの島、見えるか?」

これまでも何度か声をかけてくれていたけど、空を見上げているとアルヴァンさんが近づいてきてそう言った。

船の端に肘をついて遠くを見ている。

「島ですか……?」

僕たちも立ち上がって彼が見ている方向に目を凝らしてみる。

「あっ、あそこの」

まだかなり遠いけど、だだっ広い海にぽつんとある島が一つ見えた。

「おう、そうだ。おふたりさんも見えたか？」

僕が指さした場所を確認し、アルヴァンさんは後ろにいるカトラさんとリリーにも訊く。

どうやら、二人もしっかり目視できていたらしい。同時に頷く彼女たちだったが、それを見てアルヴァンさんは感心したように口を開いた。

「全員、かなりいい目をしてるみたいだな……」

「……あの島が、目的地？」

そんな様子も気にせず、リリーが質問する。

さ、さすがのマイペースっぷりだな。僕とカトラさんはいったん次の言葉を待っていたから、話を進めてくれて助かるけど。

「ん。お、おお、そうだ。あそこがここらで一番のクラクの住処なんだよ。奥に行ったら同じような場所がいくつかあるんだが、その海域に入るのは危険なだけだからな」

「なるほど……。では、今回は比較的安全に獲れるんですか？」

カトラさんが訊くと、アルヴァンさんは頷いた。

「ああ。もちろん手間はかかるだろうが、心配することはないぜ。それにだな」

僕とリリーの肩に、アルヴァンさんの手が置かれる。

「俺たちには、この魔法使い様方もいることだしな」

期待を多分に含んだ目を向けられる。

手伝うこと自体は前もって了承してるけど……どんな魔法を使えばいいのだろうか。というか、魔法を期待されるって本当にクラクって一体どんな生き物なんだ。

「あはは……」

そんなことを考えながら苦笑いで流そうとしていると、突然唸るようなレイの声が聞こえてきた。

こちらに近づきながら言っているようなので見てみる。

すると、そこには……。

「べ、別に逃げたりしねえよっ」

前へ歩くように急かすレイに悪態をつく、ダンドの姿があった。

後ろに初めて見る少女もいるが、な、なんで彼がいるんだ？　ここまでの間、船に乗っている様子は一切なかったんだけど。

「アルヴァンさん――」

今日はダンドも来てたんですか？

そう質問しようと隣に顔を向ける。

しかし、当のアルヴァンさんも、僕やリリー、カトラさんと全く同じ驚きの面持ちでダンドを見ていた。

「お、おまっ……なんでいんだ……？」

そんなアルヴァンさんの小さな声は、波の音に消えていった。

「ご、ごめんなさいっ、おじさん。あたしは止めたんだけどダンドが……」

「おまっ、黙ってろって！」

ダンドの後ろから、少女が気まずそうに頭を下げる。

肌はアルヴァンさんたちとは違って、浅黒くなくこんがり焼けた小麦色。両耳にかけた茶髪のボブに、腰から白い布を巻いた涼しげな格好だ。

彼女の言葉を慌てて制しようとするダンドに、アルヴァンさんが待ったをかける。

「おい。セナはこう言ってるが、どうなんだ」

「………………」

「ダンド、なんとか言え」

「……ちっ、別にいいだろう。どうでも」

ダンドは目線を逸らして聞こえるギリギリの声量で話す。

この二人が喋（しゃべ）ってるのを初めて見たけど、親子といえど相手は年頃の息子。難しい距離感のようだ。

隣に戻ってきたレイを撫でながら、思春期ってこうだったよなぁと、子供の頃に友達が親と話していた姿を思い出す。

「はぁ……」

セナと呼ばれた少女が、そんなダンドを見て腰に手を当てやれやれと息を吐いた。

「ほんっと、おじさんの前だと威勢がなくなるわよね、あんたってば」

「う、うっせぇなっ」

「もういいわ。あたしから説明するから」

さっきアルヴァンさんに教えてもらった目的地の島までは、まだ時間がある。

船の操縦は乗組員の皆さんが担当してくれているので、まあついでに僕も話に参加しておこう。気になるのは、リリーたちも同じみたいだし。

「あっ。でも話すって言っても、一緒に船に乗ったから悪いのはあたしもなんだけど……」

自分でも勢いで言ってしまってから気付いたのだろう。

少女は語気を弱めたが、アルヴァンさんが先を促す。

「たしかに勝手に船に乗られたら困るが、実際に起きちまってることだ。それに、よく知った仲だからな。別に怒らねえから説明を頼めるか？」

「う、うん……ありがとう」

よく知った仲か。ダンドと同じ十四歳くらいに見えるし、もしかしてダンドの幼馴染み(おさななじ)とかなのかな？

普通に友達なだけかもしれないけど。

一つ咳払い(せきばら)をして、セナは説明を始める。

「昨日、しっかり働いてるかダンドの様子を見に作業所に行ってたね。少し話してたんだけど、そうしたら偶然、アルヴァンさんが休日に漁に出るってニグ婆たちが話してるのが聞こえてきて。その……リリーちゃん、だっけ？」

不意に話を振られたが、特段驚きもせずリリーは頷く。

「……うん」

セナはにこりと微笑み、続いてダンドに目を向ける。

「リリーちゃんとそのお仲間も船に乗って、クラク漁に行くって話だって知ったの。そうしたらダンドがいきなり、リリーちゃんの魔法をもう一度間近で見られるかもしれないから船に乗り込むって言い出して」

昨日のうちにそんなことがあったのか。

うーん、それにしてもクラク漁が魔法を使うようなものってのは常識的なことなんだな……。

まあ、それは置いておくとして。

なるほど、どうやらダンドはリリーの魔法見たさにこっそり船に乗り込んでいたらしい。姉御とか呼んでいたし、凄腕魔法使いの技術をもう一度見たかったのだろう。

でも明らかに避けられてたからな。こうでもしないと、もうチャンスはないと思ったのかもしれない。

「あとは今朝、船に乗ってるダンドを引き戻そうと来たら、あたしも中にいるときにみんなが来て。とっさに下の道具置きに隠れたら船が出ちゃって……さっきこの子に見つかったって感じかな」

船内を歩き回ってたレイが、ダンドたちを連れて帰ってきたのはそういう経緯だったみたいだ。

腕を組んだアルヴァンさんが息を吐く。

「……そうか。セナはもういいぞ、助かった」

「えっ」

「あとはダンド、お前自身の口から聞かせろ」

そう言われ、ダンドは気怠そうに顔を逸らしていたダンドがさらに不機嫌になる。

「は？　なんでだよ……」

「いいから付いてこい。こっちだ」

しかし耳を貸さず、アルヴァンさんは下に繋がる階段がある方向へ行ってしまう。

ダンドはそれでも足を止めていたが、アルヴァンさんが途中で立ち止まり自分を待っていることに観念したのだろうか。

「ちっ」

舌打ちをしながら体を反転させ、あとに続いていく。

「ご迷惑をおかけしましたっ」

残されたセナが僕たちに頭を下げてくれたが、構わないと首を振った。

「私たちは全然大丈夫よ。それに、ほら。アルヴァンさんも息子さんを叱ろうとは思っていないみたいだから」

「……？」

残された四人と一匹で二人の背中を見るが、セナは首を傾げた。

「そう、ですか？　あたしには、これからこってり怒られそうに見えますけど……」

たしかに、僕も子供の視点からだけだったら、アルヴァンさんが理不尽に感じたのかもしれない。

だけど多分、今のは怒るために連れて行ったわけじゃないのだろう。

周りに人がいないところで、アルヴァンさんなりにダンドと正面から向き合おうとしているのだと思う。

その伝え方が、照れくささからなのか分かりづらかったが。まあ親も人間なんだから、成長していかなければならないところもあるはずだ。

あの不器用な親子が、互いに素直になれたらいいなぁ。他人ながら勝手にそう願ってしまう。

やっぱり、このセナという少女はダンドと幼い頃からの付き合いだったらしい。

アルヴァンさんたちに残されてしまったので、挨拶をしてから軽く話していると、色々と話を聞くことができた。

セナが街にある青果店の娘であること。

ダンドが昨年、急に冒険者登録をしてからあの調子だということ。

そしてアルヴァンさんたちの職業である漁師を否定し、以前から何度も誘われていたが船には絶対に乗ろうとしなかったこと。

「ほんっと子供ですよね。おじさんに反抗して冒険者になったのに、結局ほとんどカンバの作業所にいますし」

セナは呆れた様子でプンスカと腰に手を当てている。

「あたしたち、とっくに将来のこととか真剣に考えないといけない年なのに。まったく……」

「ふふっ、セナちゃんは大人びてるわね」

「えっ、あ、あたしが大人⁉　いえっ、そんな全然……。昔からあんなのが隣にいるせいで」

カトラさんが微笑ましげに言葉をかけると、セナはどこか嬉しそうにしながらも、手を勢いよく振って否定する。

ダンドに比べると、たしかに大人っぽくてしっかりした子だ。でも、このあたりの反応なんかは普通に年相応で、思わずほっこりした気持ちで見守ってしまう。

お店をしている家の子だからだろうか。

セナは初対面の大人であるカトラさんや、外見上は年下の僕に対しても分け隔てなく、気さくに話してくれる。

そんなこんなでしばらく話していると、アルヴァンさんがダンドを連れて戻ってきた。

ちなみに、レイはもう船内の散策に満足したらしい。早々に会話から抜け日陰でゆったりしているリリーの隣にいる。

リリーたちが空を見上げてるので、僕も見てるとさっきまでいなかった数羽の海鳥が飛んでいた。

「そろそろ着きそうですー！」

そんな時、乗組員の声が船内に響いた。

こちらに戻ってきていたアルヴァンさんが、甲板の端に行って船から顔を出す。手早く前方を確認してから、続けて船内全体に向けて指示を出した。

「お前らーッ、気合い入れて準備始めるぞ‼」

「「「おぉぉうッ!!」」」

ダンドは何をどのくらい言われたのか、しょげた様子で先にこっちに戻って来て、その様子をじっと見ている。

船に乗るのを断固拒否していたらしいからな。もしかして、こういうアルヴァンさんの姿も初めて見てるのかもしれない。

そこには驚きというか、何かちょっとハッとしたような表情があった。

気になって僕も船の前方を確認してみると、さっきから見えていた島が大きく見えるようになっていた。

「僕たちも邪魔にならないように、このあたりで固まってましょうか?」

「そうね……あー、でも」

しばらくのんびりした様子だった乗組員たちも、瞬時に意識を切り替え、慌ただしく動き始めていた。

念のためみんなに声をかけてみたが、カトラさんが顎に手を当ててダンドたちを見た。

何か言おうとしたところで、アルヴァンさんが僕たちのもとに来た。

「トウヤ君たちには協力してもらうからな。クラクが現れたら俺が指示を出す。商品じゃねえから傷つけても構わないが、なるべく綺麗に倒せるような魔法をぶちかましてくれ」

指示を出してもらえるなら安心だ。

タイミングも心配しないでいいだろうし、全力で魔法を放とう。

まあ魔力を大量に込めた一般魔法なんて、危険で街中にいる最近じゃ使えなかったから楽しみだ。

問題ないので僕とリリーが頷くと、アルヴァンさんは続けてカトラさんを見た。

「お嬢ちゃんは……冒険者だし心配はいらねえか。よし、じゃあダンドとセナはこっちだ」

一つ頷き視線を外すと、次はダンドたちを呼んでいるが……どういうことなのか。

「漁の間に船から落っこちられたら堪んねえからな。お前らは下にいろ」

えっ。

そ、そういうことなんだ。

カトラさんは大丈夫だろうけど、ダンドたちは心配だからって……そこまで揺れるんですか？

「は？　なんでだよ。オレだって冒険者だろ！　それにそもそもな、オレは姉御の魔法を」

「ダンド。もう時間がないんだ、いい加減に――」

甲板に残りたいと主張するダンドに、アルヴァンさんが強めの口調で言おうとする。

一瞬張り詰めた空気になり、このまま言い合いになりそうに思えたが、被せるようにセナが口を開いた。

「ほ、ほら。あそこの扉を閉めたら、向こうからこっちが見えるんじゃない？　でしょ、ダンド」

「あぁっ？」

「で・しょ・っ⁉　ね、おじさんもあそこだったら船から落ちる心配もないし、いいよね？」

セナが勢いでダンドを丸め込んでる。

彼女が言ってる扉とは、下に続く階段の手前にある物のことだ。

今は開け放たれているけど、扉といっても木組みの柵のような物だから閉めても視界は遮られないだろう。

「あ、ああ。そうだな。簡単なロックしかできねえが、絶対に出てこないと誓えるならいいぞ」

「うん、ありがとう！　じゃあさっさと行くわよ、ほらダンド」

まだ苛々した様子のダンドだったが、セナが無理矢理その背中を押して階段の方へ行き、扉を閉めている。

「はぁ……セナに助けられちまったな」

アルヴァンさんは首に手を当て、小さく反省していた。

それからも周囲では漁の準備が進んでいったが、船の前方と後方に二つずつ、捕鯨で使われるような砲タイプの銛が設置された。

もうここまできたら完全に大規模な漁だ。ホイホイと自ら漁に出てしまったことを悔いる。

だけどここまでみんなを巻き込んでしまっているので、あとはアルヴァンさんたちを信じて僕も頑張るしかない。

……。

さらに島に近づくと、それが三日月型に近い形をしていることがわかった。

かなり大きな島にもかかわらず、切り立った岩が目立って人を阻んでいるような印象を受ける。

ある程度島まで近づいたポイントで、船は帆を畳んだ。

船が止まると、嫌な静けさが残る。

頭上を飛ぶ海鳥の鳴き声だけが、辺りに響いていた。

仕事モードで口を閉じ集中しているアルヴァンさんたち。僕たちも、到底喋れるような雰囲気ではない。

僕とカトラさん、リリーは程度に差があれど、全員そこそこ緊張した面持ちだ。

しかし……ん？

隣で腕を組むアルヴァンさんは、空を見上げていた。

何を見てるんだろう。

自分も空に顔を向けてみて、ふと気付く。

さっきまでいた海鳥の姿がなくなっている。

「……そろそろ来るぞ」

僕がそのことに気付くのと、アルヴァンさんが久しぶりに口を開いたのはほぼ同時だった。さらにタイミングを合わせるかのように、その瞬間。


ジャバァアアアンッ!!


海面から爆(は)ぜるような音が鳴った。

あまりの衝撃に思わず僕と、後ろにいるリリーは固まってしまう。しかし、アルヴァンさんたち海の男らはすでに声を上げながら動き始めていた。

てか、これ転覆するんじゃ……？

そう思ってしまうほど、波のせいなのか船が傾いている。気を抜いたら、海に向かって滑り落ちていってしまいそうだ。

「大丈夫、二人とも⁉」

固まっていた僕とリリーがバランスを崩しそうになったところを、カトラさんが後ろから支えてくれた。

さすがBランク冒険者。

こんな時だって冷静に、しっかりと周りが見えていたのか。

「はい‼」

「……うんっ」

船の傾きが戻っていくとき、先ほど爆ぜた海水が頭上から雨のように降り注いでくる。

あっ、そういえば。

ワンテンポ遅れて足下を見る。

不安に襲われたが、レイは僕なんかよりも数段階落ち着いた様子で、普通にそこにいた。よ、よかった。

「まず一発目だ。ぶっ放せぇー‼」

ゆっくりと安心する暇もなく、次はアルヴァンさんが声を上げた。

間髪を置かず、今度は船上から火薬が爆ぜる音がして台から銛が飛んでいく。

その銛を目で追って、僕はようやく自分が何かの影の中に立っていることに気付いた。帆はすでに閉じられ、さっきまで今いる場所は日向だったはずなのに。

銛が、この影を作っている物体に突き刺さる。

それは……見上げるほど高い位置まで上げられた、巨大なタコの足だった。

薄々感じてはいたけれど、想像していたよりもさらに大きい。

こ、これがクラク……。

ちょっと、開いた口が塞がらない。

「アルヴァンさん、刺さりやしたぜっ!!」

「おう！　今日はトウヤ君たちがいるからな、縄は固定するんじゃないぞっ!!」

「へいっ！」

銛を放った男性と、アルヴァンさんの間で会話が交わされる。

クラクらしき吸盤を持った触手は、銛を嫌がったのか大きく振られた後に海面を叩いた。ガラガラガラッと、まだ先から煙が上がっている砲台から音が聞こえてくる。

なるほど。

あの銛はめちゃくちゃ長い縄……というより綱で、船と繋がっているみたいだ。

びっくりするほどの勢いで、何重にも巻かれた綱が船外へと飛び出していっている。

「立派な魔法使い様がいると助かるぜ。普段は魔石を燃料に、この船でクラクの野郎を引き回す持久戦になるんだがな」

揺れる船の上でも、アルヴァンさんは気にした様子もなくそう言っている。

いくら大きな船とはいえ、この下にあんなに巨大な生き物がいると思うと僕は怖くて仕方がないんだけどな。

どうか無事に終わりますように。

てか、この船って魔石を使って動くこともできたんだ。そんなことを思っていると、またしてもアルヴァンさんが叫んだ。

「次、来たぞ！　反対側から二本だ‼」

言葉の途中から船が傾く。

高くなった側を見上げると、アルヴァンさんが言った通り今度は二本の触手が現れていた。

振り下ろされ、船を叩いてこようとする触手に次も銛が放たれる。

二つともミスすることなく、綺麗に刺さった。

繋がった縄が飛んでいく音がする。

「……すごい、わかってる」

珍しくリリーが感心したように呟いている。

その視線の先にはアルヴァンさん。きっと、彼がクラクの動きを先んじて的確に読んでいることを言っているのだろう。

たしかに、凄いことだ。

経験やセンスから来るものなのか。

完璧に言い当ててる。

ふと、向こうの方にいるダンドとセナが目に入った。

ダンドはリリーの魔法を見るために閉じられた扉の奥にいながらも、アルヴァンさんの仕事っぷりは真っ直ぐと見られないようだ。

居心地が悪そうに、薄らと目を伏している。

セナはそんなダンドに、あわあわと揺れにテンパりながら必死にしがみついているけど。だ、大丈夫かな……。

「よしっ、こっちからヤツが顔を出すぞ。俺の合図で目と目の間、眉間を狙って魔法を叩き込んでくれ」

アルヴァンさんに肩を叩かれ、呼ばれる。

二本の触手が銛に貫かれ、海中に戻されている側に行くようだ。

「は、はいっ！」

波に打ち揺れる船。

空中に舞った海水が、きらりと輝く虹を作っている。

リリーと一緒にアルヴァンさんについていこうとしていると、カトラさんが僕に言ってきた。

「二人なら問題ないと思うけど、念のため私も手伝うわ」

「わかりました。助かります！」

甲板の端まで辿り着き、手すりにつかまる。

僕とリリー、カトラさんの三人で魔法を決める。

「何度もチャンスはあるからな。俺からのストップの合図で魔法を止め、船の中央に移動。相手の様子を窺って次を狙う」

アルヴァンさんは優しいから、こう言ってくれてるけど。あんまり長く海上戦を続けるのも怖いし、早く終わらせたいのが正直なところだ。

しっかりと一発で決めないとな。

「来るぞ……」

僕たちの前に手を出し、アルヴァンさんが「待て」と示す。

その時、今回も完璧な読みで海水が山のように盛り上がった。海を割くように巨大な影が現れる。

お、大きすぎる……！

今まで見た中で、一番大きい生き物かもしれない。いや、確実に一番だ。

赤黒い体なんかはたしかにタコみたいだけど、ここまでサイズが違うと別の生き物だ。

って、なんか小ぶりな口の中にサメのような鋭い歯が見えた気が……。

それに魔力も感じる。

……これ、魔物だ。

いや、フストでも森オークを食べてたから、そもそも魔物が食材になるのはおかしな話でもないのか。

ぐるぐると頭が回るが、クラクが完全に体を海上に現した。

四、五本の触手がゆらりと浮かんでいる。
「いけっ、今だ‼」

クラクの目がこちらを捉えたと感じた瞬間、アルヴァンさんが手を下ろし合図を出した。

隣に立つリリーとカトラさんは、僕がうかうかしている間に魔力を練り終わっていたみたいだ。

高速で遅れを取り戻し、準備を終える。

無言だけど、三人で意思疎通をしてタイミングを合わせる。

腕を突き出しながら詠唱。

あまり傷つけずに倒すという目標がある。自分が使える一般魔法の中から、僕は最初から何を使うのか決めていた。

準備は完了だ。

僕とリリー、カトラさんがそれぞれ呟く。

「ウォーター・ボール！」

「……アイス・ナックル」

「ウィンド・ショック」

全力で込めた魔力は、巨大な水の玉を生む。

急激に膨らんだそれは、二人の氷の拳（こぶし）と風の衝撃波とともに、クラクの眉間を目指して一直線に飛んでいった。

その速さに、相手は反応することもできない。

直撃し、今日一番の音が辺り一面に鳴り響く。

クラクは勢いのままに体全体を水上に露わにして、後ろに倒れるように少しだけ吹っ飛ぶと、海面に打ち付けられた。

触手だけのときとは何倍も違う量の水飛沫が上がる。大きな虹がかかり、またしてもぐわんぐわんと揺れる船。

そのまま沈んでいたクラクは、一拍おいてプカリと浮いてきた。

だけど、もう動く気配は一切しない。

ダラーンと伸び切っている。

「す、スゲぇ…………」

互いを称えるように、横並びに立つ僕たちが視線を合わせながらニコリとしていると、背後から来たアルヴァンさんが手すりから身を乗り出した。

波に揺れるクラクを凝視しながら笑っている。

「まさか一撃とはな。信じられないが、こうも目の前で見せつけられちまうと……」

振り返り、僕たちの顔を順に見てくる。

そして力強くガッツポーズをしたかと思うと、それを突き上げ、アルヴァンさんは少年のように眩しい歓喜の雄叫びを上げた。

「やったぞーッ!!　成功だ!!」

船のあらゆる所から、ぽかんとした表情でクラクを見ていたみんなからも、遅れて喜びの声が聞こえてくる。

中には「マジかよ、マジかよっ！」と興奮しすぎて震えてる人もいたので、思わず笑ってしまった。

その後、他のクラクが寄ってくる前に急いで海域を離れるとのことで、わいわいとしながらも素早く船は動き始めた。

倒したクラクは、突き刺した銛の縄で引っ張ってきている。

途中のポイントで網で上げるらしいけど、帰りはクラクが悪くならないように、魔石を使って船を動かすから行きよりも早く着くそうだ。

僕のアイテムボックスに入れたら劣化もしないし、そっちの方がいいんだろうけど……。ここまでのサイズの物を収納できるって明かすのは難しいからなぁ。

うーん、ここは仕方がない。大人しくアルヴァンさんたちのやり方に任せておこう。

◆

港に戻ってくると、仕事を終えて溜まっていた漁師たちがクラク漁の成功を祝って集まってきた。

僕たちの船が泊まり、引き揚げの作業をしていると突堤から声をかけられる。

「無事だったか！」

「早ぇご帰還だなっ。おめでとう！」

ペコペコと頭を下げながら船を降りる。

みんないい人たちで、僕たちの肩を叩いてきたりしながら漁の成功を自分のことのように喜んでくれていた。

帰りの船の上で、アルヴァンさんから「新鮮なうちの方が美味いからな。どうだ、このクラクで作った料理でも食べるのは」と提案された。

空腹の具合は悪くない。

準備はお任せしていいとのことだったので、お言葉に甘えて新鮮なうちに食べさせてもらうことにしたのだった。

料理を作ってもらえたら、そのままレンティア様たちに送ることもできるからな。きっと漁が終わってからネメステッド様も今か今かとお待ちになっているはずだ。

「奥に簡単なもんだが、水浴び用の部屋があるからさっぱりしてきてくれ。その間に料理の方も進めておくからな」

「あっ、ありがとうございます。じゃあ行ってきますね」

「おう」

漁港にある建物の中に入ると、アルヴァンさんがそう言ってくれたので僕たちは汗を流しに水を浴びに行くことになった。

海水も飛んできてベタついていたから正直かなり助かる。タオルなどを借りて廊下を進もうとしていると、背中に声をかけられた。

「そうだ、特に食えない物なんかはなかったか？」

「はい。三人とも……大丈夫です」

カトラさんとリリーと顔を見合わせてから、頷く。

楽しみだ。クラク、一体どんな味なんだろう。


水浴び用ルームは普段から使われている感じの男性用と、客人用の二つに分かれていた。

女性であるカトラさんとリリーは客人用を使うことになり、僕は一人で男性用の部屋へと入る。

手早く水を浴び、さっぱりしてから綺麗な替えの服に着替える。

ちなみにカトラさんたちの服も、一部アイテムボックスに預かっていたので先ほど渡してきた。

汗などを流した後は、綺麗な服に限る。

アルヴァンさんたちが準備を進めている食堂のような部屋に戻ると、くっつけられたいくつかの机の上に、すでに豪勢な料理がずらりと並んでいた。

椅子に座ったり、壁にもたれかかったりしながら話したりしている人の姿もある。

僕たちからの誘いもあって、今日の漁を手伝ってくれた乗組員全員が参加してくれることになったのだ。

「おーい、こっちだ！」

アルヴァンさんが軽く手を振って呼んでいる。

まだカトラさんとリリーは来てないみたいだ。奥の一角に僕たちの席を設けてくれたらしい。

「お待たせしました」

「なに、まあ座って待っとけ。もう少しで準備が終わるからな」

「わかりました。それで、あのレイは？」

「ああ、キッチンにいたぜ」

席まで行くと、アルヴァンさんは僕を座らせてから併設されたキッチンの方へ消えていく。

その姿を見て、慌てて周りの人たちもキッチンに手伝いに向かったので、いきなり席には僕とセナだけが取り残されてしまった。

レイもあっちにいるというなら問題はないだろう。すぐに戻ってくるはずだ。

って、なんでセナだけなんだろう？

ちょっと離れた席にいるので、腰を浮かしながら声をかけてみる。

「あの、一緒じゃ……」

「ん、あ～ダンド？」

僕が頷くと、彼女は眉を八の字にしながら申し訳なさそうに手を合わせた。

「ごめんね、せっかく誘ってくれたのに。あのバカ、待ってる間にみんなから『漁師はいいぞ』って言われちゃって。優しさから言ってくれてたんだけど、その流れで言い合いになったの」

今度はセナが席から腰を浮かすと、口元に手を添え内緒話をするように話し始める。

「ムキになって帰るって言い始めたんだけど、アルヴァンおじさんも見てるだけで声もかけなくって」

チラチラと見ているキッチンの方に僕も目を向けると、残りの料理を運ぶために指示を出しているアルヴァンさんがいた。

セナは肩をすくめ、溜息を吐く。

「あたしはもう間に入らないって思ってたら、そのまま本当にダンドも帰っちゃってね。……ほんっと、あの二人はお互い素直になればいいだけなのに」

「あ、あはは……」

素直になることは案外難しいと思うけど、まさに正論過ぎて何も言えない。

でも、彼女が心の底からダンドたちを気に掛けていることは強く伝わってきた。

「あら、もうこんなに」

「美味しそう……」

「あっ。僕たちの席はここらしいです」

こちらもサッパリした様子のカトラさんとリリーが来たので、席に案内する。

二人が歩いてきていると、アルヴァンさんたちも皿を持って戻ってきた。

「おぉーこれで全員揃ったな。ちょうど料理の準備も終わったところだ。さぁ食べるぞ！」

「すみません、お任せしてしまって」

カトラさんがお辞儀をするので、僕とリリーも頭を下げる。

するとアルヴァンさんは机に大皿を置いてから、親指で後ろを指した。

「感謝すんのはアイツと、婦人会の面々にだけでいいぜ」

アイツと、婦人会……？

カトラさんたちと一緒に、体を傾けアルヴァンさんの向こうを覗き込む。

「あ、サージさん」

キッチンから出てきたのは、漁業組合の副組合長だというダンディーな細マッチョさん。それと、二十代～四十代くらいの年齢層が広い女性たちだった。

「やあ、この間はありがとうね」

「皆さんが、この料理を？」

「ああ、俺は少しばかりこちらのお嬢さん方を手伝っただけだけどね」

僕が尋ねると、サージさんは後ろの女性たちを紹介してくれる。

聞くところによると、こちらの皆さんは漁師の妻たちで結成された婦人会のメンバーだそうだ。今回漁に参加してくれた乗組員の奥さんたちが前もって来てくれていたらしい。

「もうなに言ってるのよ。サージさんが一番働いていたじゃないっ」

サージさんの女性人気は、かなり高いんだな。

料理が得意で頑張ってくれていたとのことで、婦人会はきゃーきゃーと黄色い声を上げている。

席に着いた乗組員たちは少し面白くなさそうにしているけど、あまり気にしていないあたり、いつものことなのだろうか。

それか、サージさんへの尊敬や信頼関係ゆえなのかな？

「皆さん、ありがとうございます」

とにかく、自然とカトラさんとリリーと声を揃えながら料理の感謝を伝える。

「好きなだけ食べてもらえると、あたしたちも嬉しいよ」

婦人会の中で年長の方だろうか。サージさんの後ろから、ふくよかな女性が朗らかに言ってくれる。

……と、いうわけで。

早速食事会が始まることになった。

周りにも何個か机が用意されていたのは、婦人会のみなさんの分だったらしい。

最後に、レイがキッチンから戻ってくる。

僕の足下に腰を下ろしたけど、もしかして調理途中でつまみ食いさせてもらってたんじゃないよね？

ぐっ。目で問いただすと、視線を逸らされてしまった。

こ、こいつめ……絶対食べてただろう。

あ、口元に赤いソースがついてるし。

「はい、トウヤ君」

「ああ、すみません。ありがとうございます」

レイと攻防を繰り広げていると、カトラさんが小皿に料理をよそって渡してくれる。

今回のメインは、もちろんクラクだ。

ショウガのような物を載せたカルパッチョに、唐揚げ風の揚げ物。口に入れたら酸味が広がるマリネは、トマトに似た黄色いカンバと一緒に和えられている。

ホクホクの芋とタコを、塩気のあるアンチョビ風の味わいにまとめ上げている物。そしてメインに最近ネメシリアで流行しているパスタに、タコや焼き目をつけたズッキーニっぽいものを入れた物まである。

タコ三昧ならぬクラク三昧だ。

巨大な魔物だったから大味なのかと思っていたけど、高級なタコと同じくらい味が濃くて美味しい。

漁が難しいから高級なだけでなく、この味のクオリティーだから値が張るのかもしれないな。

もちろんクラクだけでなく、海で獲れた魚なんかもある。こっちは塩焼きや煮物が中心で、ほろほろの身が甘くふんわりしていて美味しい。

大人はワインに他の都市から来たという清酒、ネメシリアで人気のレモン酒なんかを呑んでいる。

ちなみに僕たちはレモネードを飲んでるが、これがまた最高だ。

爽やかな酸味とクドすぎない甘み。スッキリ飲めるから、不思議と食事も進む。

お酒もあり、大人数でわいわいと楽しむ食事会は夜まで続いた。

途中、すっかりカトラさんの顔も赤らんできたあたりで僕はそそくさとキッチンに行き、レンティア様たちに貢物を送ることにした。

あまり待たせていると、自分ばかり食べてと怒られる未来がはっきりと見えたからだ。

残しておき、持ってきた料理をアイテムボックスから取り出した自分の食器に移す。

カップに入れたワインに清酒、レモン酒、一応ネメステッド様がお酒を呑めるかわからないのでレモネードも用意する。

そしてあとは、一つずつ手に持って送っていく。

一つめ、二つめ、三つめ…………。テンポ良く送り終えると、脳内にネメステッド様の声が響いた。

『これだ、これだッ！　よくやったな使徒よ――――！　さぁ始めるぞ、我が甘美なる宴を‼』

よ、喜んでいただけたようで何よりです。

『トウヤ、すまないね。ネメステッドのヤツも珍しく嬉しそうに目を輝かせてるよ』

あ、レンティア様もお待たせしました。

目を輝かせているネメステッド様、なんか微笑ましいな……。

『酒も助かる。とりあえず、感想は次に会う機会にでも。それじゃ、アタシも失礼するよ』

よほど早く呑みたかったのだろう。

レンティア様もそれだけ言うと、気配がなくなる。

キッチンから戻りながら、僕はひとまず使徒としての仕事が完了したことにホッとしていた。

クラク漁もその規模に驚かされたけど、まあ自分もこうやって美味しい物を食べられたから良かったかな。

神の使いでのんびり異世界旅行
～最強の体でスローライフ。
魔法を楽しんで自由に生きていく！～

第四章　遅れて到着

二日後。

昨日はゆっくりと休んだ僕たちは、昼頃に銀の海亭を出てネメシリアの中心街に来ていた。

ちなみに食事会の後、捌(さば)いてもらったクラクは漁業組合と分け、二十キロ弱はある自分の分は帰り道にアイテムボックスへと収納した。

生のものだけでなく一部調理したものまで、たっぷり入れることができたので今後も好きなときに食べられるだろう。

ちょっとずつストックしている食材も増えてきた。

「この辺りは特に人が多いわね」

街を進んでいると、後ろからカトラさんの声が聞こえてくる。

「本当ですね、はぐれないように気をつけないと」

三メートル幅の道の左右には店が並び、立ち止まって商品を見ている人もいる。

その上、僕たちみたいに行き来する人がたくさんいるから、ゆっくりしたペースで互いに何とかぶつからないようにすれ違っていく人々で道は埋め尽くされていた。

今のカトラさんへの返事だって、先頭を行くリリーの背中を見たまま言ったくらいだ。

振り返ることすら容易にはできない。

ネメシリアに入った日以来、人が一番多いこのエリアには来てなかったからなぁ。

すでに一週間は滞在しているとはいえ、まだまだ新鮮に感じる。

「リリー、この辺りなんだよね？」

「うん、こっち」

レイを抱っこしてくれてるリリーが、先ほどの僕のように前を向いたままこくりと頷（うなず）く。

一列になって曲がり角を曲がっていくと、リリーは道の端に寄っていった。

「ついた、ここ」

「おお！」

紹介された建物を見上げて、思わず声を漏（も）らす。

「街の中心地にあるのに、こんなに大きいなんて凄いわね……」

遅れて人混みから出てきたカトラさんも、ほーっと驚いている。

今もお客さんが出入りしているここが、ジャックさんたちが営むフィンダー商会……その傘下であるクーシーズ商会らしい。

周りを見ても、一番大きいお店なんじゃないかな？

白い外壁は周囲の建物と同じで、階数こそ二階建てだけど敷地面積が広いのだ。

こんな繁華街にあるのに凄（すご）いな。

フストだけでなく、ネメシリアでもここまでの勢力を誇っているとは。

さすがはジャックさんだ。

さて。今日、僕たちは何故ここに来たのか。

それはもちろん、何を隠そうジャックさんたちと落ち合うためだ。

昨晩のリリーとのマジックブックの連絡によると、ジャックさんとメアリさんは今日の昼前にはネメシリアに到着するとのことだった。

「じゃあ入りましょうか」

約束の時間はそろそろのはず。

先に来て待っていると伝えられているので、カトラさんに言われて商会の中に入る。

……あ、なんか涼しい。

中は窓や扉が開放されているからか風通しが良かったけど、それだけじゃなく外よりも少し気温が低い気がした。

魔道具かな？

快適な気温だ。

目立つ位置には、前にニグ婆から貰(もら)ったカンバの瓶(びん)漬けが陳列されていた。やっぱり、結構売れる商品なんだろう。

部外者にもほどがあるけど、自分の舌が間違ってなかった気がしてちょっと誇らしい。

「お待ちしておりました」

そんなことを思っていると、不意に入り口から入ってすぐ横の場所から声をかけられた。

「……あっ」

リリーが、そこにいた女性を見てほんの少し笑顔になる。

「リリーお嬢様、お久しぶりです。それにカトラ様、トウヤ様もようこそおいでくださいました。私、当商会の会長を務めておりますノルーシャと申します」

おへその前辺りで手を重ね、綺麗なお辞儀をしてくれる女性。

この街の人にしては日焼けもあまりしておらず、フォーマルな服装や、後ろでまとめられたミルキーブロンドの髪が上品さを感じさせる。

そして何より、この世界では数が少ない眼鏡をしている人という事もあってか真面目な印象を受ける。

キャリアウーマンって雰囲気だ。

「これはご丁寧に。はじめまして」

カトラさんが受け答えしてくれたので、それに合わせて僕も頭を下げておく。

ノルーシャさんは美しく口端を上げると、奥へ案内するように手のひらを動かした。

「フィンダーご夫妻がお待ちです。こちらへどうぞ」

どうやら、商会長自ら案内のために僕たちを待っていてくれていたらしい。

彼女の後ろに続き、ひとまず二階へと続く階段を上がっていく。

二階には魔法に関する書物や魔道具、その他にも商人が使う巨大な秤、つい先日漁港で見たばかりの氷造機らしき物など、専門的な商品の売り場が広がっていた。

その間を奥へと進んでいき、スタッフオンリーのバックヤードに入っていく。

いくつかの部屋の前を通り過ぎ、一番奥の扉をノルーシャさんはノックした。

「お嬢様方が来られました」

滑らかな動きで扉を開け、中に入るように案内される。

「ああ、リリーっ！　やっと来たかい‼」

全員が入り終わるより先に、二週間ぶりに聞くジャックさんの声が聞こえてきた。

よっぽど我が娘に会いたかったみたいだ。

ジャックさんはソファーから立ち上がると、こっちに駆け寄ってきて先頭にいたリリーに抱きついた。

「何も変わりはないね⁉　体調も大丈夫なんだねっ？」

「くるしい……」

「もう、貴方（あなた）……？」

「はっ。す、すまない！」

抱きしめる腕に力が入りすぎていたらしい。

リリーがぼそっと言うと、ジャックさんは続いて近づいてきたメアリさんに呆（あき）れ気味に釘（くぎ）を刺されている。

リリーが解放されると、メアリさんも娘の頭を優しくそっと撫（な）でた。

「元気だった？」

「うん」

「……そう、なら良かったわ。あなたのこと、ちょっと心配しすぎだったかもしれないわね」

安心しながらも嬉しそうに笑って、メアリさんはリリーを見つめている。

娘の成長を感じたのか。その目には感動のようなものが浮かんでいるように感じた。

「カトラちゃんとトウヤ君も久しぶりだね。変わらず元気だったかい？」

「ええ」

「はい」

僕たちもジャックさんに訊かれ、頷く。

部屋のつくりはフィンダー商会を訪れたとき、入ったジャックさんの部屋と同じ感じだ。

向かい合うように置かれた高級感漂うソファーに、自然な流れでジャックさんとメアリさん、その向かいに僕とリリー、カトラさんが座ることになる。

ノルーシャさんは気を利かせてくれたようで「では」と一つお辞儀をすると部屋から出て行ってしまった。

「リリーが、迷惑かけなかったかしら？」

「迷惑だなんて、全然よねトウヤ君？」

心配そうなメアリさんに、カトラさんはそんなのないに決まってる、と当たり前の雰囲気で首を振っている。

「そうですね。僕も、全然。むしろ一緒に来てくれて楽しいくらいですよ。レイのことも可愛がってくれていますし」

「まあ……といった感じでトウヤ君もかなりだけど、リリーちゃんも大人っぽいから。ふとした瞬間に、十歳の子たちだって忘れちゃうくらいで」

「ふふっ、そう。ありがとうね、二人とも」

「さすがはリリーだ！」

頭を下げるメアリさんの横で、ジャックさんは誇らしげにしている。

メアリさんだけでなくリリーにも呆れられてるけど、それでいいんだろうか……？

変わらず娘のこととなると、いつものクレバーさはどこへやら。

この親バカっぷりだ。

まあでも最初は困惑していたけど、すっかり慣れた今となっては、微笑ましい定番の光景でもある。

「そういえば、みんな少し日焼けしたんじゃないかい？」

「そう、ですか……？」

あんまり変わった気はしないけど。

ジャックさんに言われて、リリーとカトラさんの顔を見てみる。

二人も自分以外の顔を見ているが……。

「「「たしかに」」」

今になって気付き、声が揃う。

ずっと一緒にいたからなかなか気付かなかったんだろうか。

冷静になってフストにいた頃と比べると、たしかにジャックさんが言う通り結構焼けてる気がする。

でも、この前までここまで焼けてた気はしないんだけど。

……あっ。

「もしかして、一昨日で一気に焼けたんですかね？」

「あー、そうかもしれないわね」

ここ数日で急激に黒くなったとしたら、それくらいしか思い当たらない。カトラさんも同感のようで、僕の言葉に頷く。

それを見て、メアリさんが首を傾げた。

「一昨日……？」

「漁に、参加したから。ネメシリアで知り合った漁師さんの船で」

「漁にっ？　みんなで？」

あんまり表に出てないけど、二週間ぶりの両親との再会にリリーも喜んでいるのだろう。僕たちに代わって進んでそう答えてくれる。

彼女が驚きつつ改めて確認してくるメアリさんに頷き返すと、ジャックさんたちは二人で顔を見合わせた。

「この街の漁師と、こんな短期間で船に乗せてもらえるくらいになるなんて一体何をしたんだい？」

心の底から驚いた様子で、ジャックさんが質問してくる。

僕たちがロッカーズ大橋でダンドに出会ったことから、ニグ婆のこと、そして父親であるアルヴァンさんに紹介してもらったことなどを説明する。

一連の出来事を話し終えると、ジャックさんは感心したように目を丸くした。

「凄い巡り合わせだね、それは。漁師たちの組合長ってのは、この街ではここを治める領主にも劣らないくらいの影響力を持つ人物だからね。偶然繋がるだなんて、いくら望んでも叶わないようなことだよ」

領主にも劣らないって……。

仕方なく組合長をさせられてるって雰囲気だったけど、アルヴァンさんの立場ってそこまで凄かったんだ。

「やっぱりトウヤ君って運が良いのかしら。そもそもジャックさんも凄い方なのよ？　なのに、ネメシリアでもアルヴァンさんみたいな方と知り合えたんだから」

カトラさんに言われて、考えてみる。

「そうだったら嬉しい話ですね。おふたりとも優しいですし、おかげで色々と経験させてもらえたり、たくさん助けられてますから」

自分でも人との巡り合わせは良いとは思う。

思い当たる節があるとすれば、やっぱり僕がレンティア様の使徒だからかな。それか、ジャックさんにいただいた幸運の指輪の効果なのか。

もしそうだったら、いい人たちに出会わせてもらって感謝だ。

「こうも面と向かって言われると照れるな」

ジャックさんは珍しく頰を掻きながら、恥ずかしそうにしている。

そんな彼を見て、メアリさんもリリーもにっこりと微笑んでいるのが印象に残った。

「で、漁では何を獲ったんだい？」

「あー……」

ジャックさんに訊かれるが、正直に答えても良いものなのか悩む。まあ答えるほかないんだろうけど。

あんなに大きな魔物相手の漁にリリーも連れて行っちゃったわけだし、怒られたりしないかな。

僕が言い淀んでいると、内心を察してくれたのかリリーが代わりに言ってくれた。

「クラク」

「まあ、クラクってあの大きなっ？」

「うん。わたしたち三人で、魔法で倒した」

しかし、反応が返ってきたのはメアリさんだけ。

親指を立てるリリーに、拍子抜けするほど明るいテンションで「みんな凄いわねぇ」と称えてくれている。

ジャックさんはというと……やはり、というべきか。

「クラク……クラク……」

段々と青ざめた顔になっていき、勢いよく立ち上がると、メアリさんを含めた全員を見回した。

「いやいやっ、そんな感じで済む話じゃないだろうっ⁉　こうやって無事だったから今回は良かったが、万が一危険な目にでも遭っていたら……」

「まあまあ、あなた。まずは座って」

メアリさんが諭そうとしてくれるが、ジャックさんはなかなかソファーに腰を下ろしてはくれない。

改めて冷静になって考えると、この件に関しては完全に僕に非がある。

「ごめんなさい。僕が言い出した話だったんですが、実際に見るまではクラクがあそこまで大きな生き物だと知らなくて」

ジャックさんがリリーを心配するのは当然の話だ。

そもそも僕とカトラさんが一緒だから、比較的安全だと判断してリリーの旅立ちを了承してくれた。

だけど前もって危険から距離を置こうとする意識も、もっと必要だったかもしれないな。興味があるんだったら自分一人でやってもいいんだし。

迂闊（うかつ）な行動だったと頭を下げると、そこでジャックさんは深く呼吸をしてから、ようやく座ってくれた。

「なるほど、経緯はわかったよ」

「組合長が出してくれた船で、カトラちゃんもみんなで行けばそこまで危険じゃないって判断したのよね？」

ジャックさんが落ち着きを取り戻そうと努めている横で、すかさずメアリさんが助け船を出してくれる。

「はい。リリーちゃんとトウヤ君の魔法を使って倒すという話だったので。念のため私も参加すれば、失敗する心配はないだろうって」

カトラさんがアルヴァンさんが出してくれた船の規模や、プロと一緒だから問題はないだろうと思ったことを説明してくれる。

「カトラちゃんと相談して、自分から行きたいって言った」

銀の海亭で二人がそんな話をしていることは聞いていた。

リリーも付け足すように言ってくれるが、カトラさんも思うところがないわけでもないらしい。

「でも、ジャックさんを心配させちゃったのも当然よね。相手がクラクだからではなく、沖合の方まで出て行ったりしたからでしょう？　海は危険だから」

「……」

ジャックさんはしばらく口を噤んでから、頷いた。

「ああ。カトラちゃんが、海の危険さをよく理解してくれていたのなら良かったよ」

「ごめんなさい。私が止めるべきだったわ……」

海は危険。クラクが現れたポイントまで行ったとき、僕もだだっ広い海の上にいることが怖くなったくらいだ。

港から近い場所での漁ならいざ知らず、たしかにあそこまで沖合へ行く漁に、のこのこと行くのは危険だったかもしれない。

前世でも当たり前のことだったけど、この世界でなら尚更だ。

「ありがとう。いや、でも私も取り乱したりしてすまなかった」

ジャックさんが頭を下げる。

「今後は海に出るようなこともないだろうし、心配はいらないだろうが……より気をつけてくれると助かるよ。リリーにも魔法があるのだし心配はいらないかもしれないが。君たちよりも無力な一人の父親の願いだと思って聞いてほしい」

「はい」

カトラさんが返事をすると、ジャックさんは次に僕を見た。

「トウヤ君もあまり気にしないでいいからね」

「すみません、ありがとうございます」

きっと、まだかなり困惑しているだろうし、もしかしたら内心では腹が立っていないと言えば嘘になるのかもしれない。

でも、僕のことまで気にして優しく声をかけてくださっているのだろう。

それからしばらく話をすると、ジャックさんの気遣いもありすっかり元の空気に戻った。

「リリー。この二週間、パパたちと離れて実は寂しかったんじゃないかい？」

「いや、楽しかった」

寂しかったという答えを期待した質問に、リリーの予想外の反応が返ってきて、ガビーンとショックを受けるジャックさん。

「う、嘘だと言ってくれ……」

この後、ジャックさんはノルーシャさんとともに仕事が入っているらしい。

メアリさんの提案で、僕たちは彼女とともに街を巡ってみることになった。

「この街の人たちが来ている民族衣装を買えるお店があるから、まずはそこに行ってみましょうか。じゃあ、私たちは行くわね」

「ああ、また後で」

メアリさんに引き連れられる形で、ジャックさんに挨拶をしてから部屋を出る。

店頭に戻り階段を下ると、一階にノルーシャさんの姿があった。挨拶したいけど、誰かと話している。

って、あれって……。

後ろ姿しか見えないが、ノルーシャさんの話し相手には見覚えがあった。

「あら」

カトラさんも気付いたようで、その人物を見ながら眉を上げている。

このまま商会の外に出て行くのも、あれだしなぁ。なんてことを考えていると、ノルーシャさんも僕らに気付いた様子で、頭を下げてくれた。

「あれ、偶然ですね。みなさんは買い物ですかい？」

遅れて僕たちが目に入り、驚きながらもそう話しかけてきたのは、ニグ婆だ。

ノルーシャさんも、僕たちとニグ婆が知り合いだったことを不思議に思ったのだろう。

「お知り合いだったんですか？」

「うん。漁に連れて行ってくれた組合長のお母さんだから」

あまり答えになっていない気もするが、リリーが答えると「は、はぁ……」と一応納得してくれたみたいだ。多分。

しかし、その答えで一番僕たちとニグ婆の関係性を理解できたのは、先ほどジャックさんと一緒に話を聞いていたメアリさんだったようだ。

「まあ、組合長さんのお母様だったんですね」

彼女は美しい所作でお辞儀をすると、感謝の言葉を述べる。

「娘たちがお世話になったようで、ありがとうございました」

聞き取りやすく、受け手を安心させるような声色だ。

ジャックさんもだけど、やっぱりふとした瞬間に隠しきれないほどのできる人の雰囲気を感じるんだよな。

そのたびに毎回、自然と背筋が伸びる。

「娘たち……。ああ、リリーちゃんのお母さんですか？」

ニグ婆も、リリーとそっくりなメアリさんの髪色を見て気付いたのだろう。

「これはこれは。むしろうちの孫がご迷惑をおかけして、大変申し訳ございませんでした。それで……ノルーシャ会長も、こちらの皆さんとお知り合いで？」

「こちらはフィンダー商会、会長の奥様ですので」

「……は？　そ、それは……つまり……っ」

クーシーズ商会にカンバのオイル漬けを卸しているから、フィンダー商会のことについては知っているのか。

ニグ婆の頭の中で、メアリさんがフィンダー商会の会長の奥さん→その娘であるリリーも会長の令嬢。と辿り着くのが、目に見えてわかる。

今まで接していたリリーの正体を知り、ニグ婆はかなりびっくりしている。

「こ、これは驚いた……。すみませんね、フィンダー商会のご令嬢だとはつゆ知らず」

畏まった様子で腰を低くするニグ婆に、リリーは首を振った。

「ううん。今まで通りで、大丈夫」

「ですが……」

まあ、そうは言われても困ってしまうのは仕方がないだろう。ニグ婆はどうしたら良いのかと、僕たちの顔を見てくる。

「気にせず、これまで通りに接していただけるとこの子も喜ぶと思うので」

けれど、メアリさんがそう言ったことで、ひとまず考えはまとまったみたいだ。

「では、お言葉に甘えて……。リリーちゃん、これからもよろしくね」

「うん」

良かった良かった。

クーシーズ商会とリリーの関係は、なんだかんだで伝えずにいたからな。こんなタイミングで知られることになるとは思わなかったけど、すんなり済んで助かった。

そういえば……。

「お婆さんは、どうしてここに？」

気になったので質問してみる。

考えられるとしたら、カンバのオイル漬けの在庫確認に来たとかだろうか。

「旦那様のご到着に合わせて、私を含めた三人でお話しする席を設けさせていただいたんです」

僕の質問に答えてくれたのは、ノルーシャさんだった。

「あっ、ジャックさんのお仕事ってそのことだったんですね」

なるほど。

リリーを心配してるだけで、ネメシリアにクーシーズ商会の視察に来るというのは適当につくった目的なのかと思っていたけど、どうやらそうでもなかったらしい。

さすがは商人。

しっかりと前もって予定を入れていたようだ。

「旦那様から聞かれていましたか。それでは、そろそろ約束のお時間ですので、私たちはこれで」

ノルーシャさんは最後に深くお辞儀をし、ニグ婆を奥へと案内していく。

「こちらへどうぞ」

「それではみなさん、また」

ニグ婆もそう言って去って行くのを見送ってから、僕たちは商会の外に出た。

民族衣装が売っているお店の場所はメアリさんが知っているらしいので、後ろをついていく。

「あの方をはじめとした、日持ちする物を作られている方を中心に今回は挨拶するそうよ」

道中、メアリさんがこれからジャックさんが会うことになっている方々について教えてくれた。

「日持ちする物ですか？」

気になった様子でカトラさんが聞き返す。

「フストやその他の街でも、もっと大規模に展開できないかと考えているそうでね」

はぁー、それは凄い。

あんなにラフな感じだったけど、これから結構大切な商談が繰り広げられるのだろう。

「上手（うま）くいって、フストでもカンバのオイル漬けが食べられるようになったら嬉しいですね」

僕が正直な気持ちを言うと、隣でリリーも深く頷いていた。


メアリさんが連れて行ってくれたお店は、ネメシリアの少し外れの場所にあった。

馬車や人の往来が盛んなエリアを抜けると、一気にこの街の人々の生活が垣間（かいま）見える。

精肉店に雑貨屋。地元の人たちだけが利用するであろう派手さのないお店の並びに、その服屋さんもあった。

白が基調とされた、涼しげなこの民族衣装。

街でよく着ている人を見るこれは、海の向こうから人々が移り住んでくるときに一緒に渡ってきた物らしい。

本来はアルヴァンさんたちをはじめとした、肌が浅黒い人種で形成された民族独自のものだったそうだが、ネメシリアに来てからは広く受け入れられているんだとか。

ダンドやセナが着ている物も、系統としてはこれの一種だったようだ。

男性用は比較的着やすく、ほとんどズボンとシャツに近い形状をしている。僕はカトラさんたちに選んでもらった物に自分で着替え、試着室から出た。

女性陣は慣れていないと着るのが難しいそうなので、店員さんに手伝ってもらうとのこと。

しばらく待っていると、着替えを済ませたカトラさんが出てきた。

「お待たせ、どうかしら？」

「いえ、僕もさっき――」

民族衣装姿のカトラさんを見て、思わず言葉に詰まる。

普段は、いくら日本でも成人済みの年齢だとはいえ、僕からすると若すぎて気にしたりはしないんだけど。

これはちょっと……い、いや。前世と似た感じで、今時の若い子のファッションはこんなものなんだろう。

うん、そうだ。

そう思うことにする。

「僕もさっき着替えおわったばかりなので。とてもお似合いです」

カトラさんが着ているのは、セナが着ていたのと似た、大胆におへそなどを露出した物だった。

もう若くもなかった古いタイプの日本人からすると、少し開放的すぎる気もする。

しかしここは冷静に。

まあ、海外旅行で常夏の島に行ったら僕の感覚からしてもわからないわけでもないし。

自分で自分を納得させつつ、カトラさんに求められた感想を返す。

「ふふっ、ありがとう。トウヤ君も素敵よ」

しかしカトラさんは、そんな僕の気苦労も見抜き、面白(おもしろ)がっているのだろう。大人びた笑みを浮かべてウィンクで返してきた。

こういう、大人の余裕を感じさせるところは出会った当初から何も変わらないんだよなぁ。

今日も負けた気がして悔しいので、誤魔化(ごまか)すようにお店の中で待たせてもらっていたレイを抱き上げ、肩に乗せることにする。

リリーとメアリさんは、広めの試着室で一緒に着替えているところだ。

もうそろそろ来ると思うんだけど……。

「うん、バッチリね」

ちょうどメアリさんの声が聞こえたかと思うと、二人が入った試着室のカーテンが開いた。

「ごめんなさいね、遅くなっちゃって」

メアリさんと一緒に出てくるリリー。

メアリさんのかなり整った美貌では、普段のようにシンプルな格好の方が合いそうだと勝手に思っていたのは、どうやら間違いだったようだ。

この衣装は爽やかだから、さらりとした銀髪が映えてとても似合っている。

そんな母親にそっくりなリリーも、普段からはまた印象ががらりと変わっておしゃれだと思う。

これはジャックさんが絶対に見たいやつだろうな。多分今日はこのままの格好だろうから、後でのリアクションが楽しみだ。

「みんな、百点満点ね。サンダルもサイズに問題はなかったかしら?」

メアリさんが褒めてくれたあと、各々の視線が足下に向かう。

このお店では、衣装とセットである革製のサンダルも取り扱われているので、前もって選んでいたのだ。

足首に紐を巻き付け固定させるタイプのサンダルなんて、僕は初めてだけど……。

軽く足踏みしたり、地面を蹴ってみる。

うん、問題はなさそうだ。

「僕は大丈夫そうです」

「私もちょうどみたいです」

「……大丈夫」

僕、カトラさん、リリーの順で答える。

メアリさんもサンダルに違和感はないらしく、確認を終えると満足げに頷いた。

「それじゃあ出発しましょうか。うふふ、なんだかフストとは違う街で、こうしてみんなで観光できるだなんて不思議ね」

たしかに、言われてみるとそうだ。

出会った頃は、まさかカトラさんとリリーが僕の旅に同行することになるなんて思ってもみなかったけど、それだけじゃなくメアリさんともネメシリアで行動をともにできるなんて。

久しぶりの娘との時間だからかな。

あっ、それと自分以上にべったりなジャックさんが今はいないからかもしれない。メアリさんは嬉しそうにリリーの手を取る。

このお店での支払いはメアリさんが全（すべ）て出してくれたので、僕たちはそれぞれ感謝を伝えつつ、装いも新たに早速街へ繰り出した。

一週間。僕たちがネメシリアに滞在しているこの期間で、訪れたことのあるおすすめスポットなどをメアリさんに紹介する。

といっても街中を知るには短い時間にもほどがあるので、まだまだ知らない場所や入ったことのない道もたくさんある。

なので半分以上は四人で新たな場所を開拓する形でネメシリアの街を巡る。

「これ、美味（おい）しいですよ……」

僕が思わず呟（つぶや）いてしまったのは、途中で寄ったカフェに置かれていた魚介スープだ。

ハード系のパンが二枚ついていたので、それを浸しながら食べている。

カリッと焼かれたパンに濃厚なスープが染み、噛むと口の中にジュワッと旨味が広がる。休憩がてら入ったお店だったけど、これは思わぬ発見だったな。

当たりの料理に出合え、気分も高揚する。

普通に、朝ご飯にスープ単体で食べても最高だろうなぁ。

「ほんとだ、おいしい」

向かいの席では、同じものを注文していたリリーも落ちそうになる頬を押さえている。

僕たちの反応でよほど気になったのか、

「トウヤ君、一口だけもらえるかしら……？」

「ママもちょっと味見していい？」

ほぼ同時に、カトラさんは僕に、メアリさんはリリーに、それぞれ隣に座る僕たちに頼んできた。

僕としては、むしろこの味を共有したいくらいだ。

「ぜひぜひ」

スープとパンが載ったトレーをカトラさんの前に差し出す。

リリーも同じような考えだったようで、「いいよ」とだけ言うとメアリさんにトレーを寄せている。

そして、カトラさんとメアリさんがパンを一口サイズだけ千切り、スープに浸して口にする。

「「……っ!!」」

次の瞬間、二人が声にならない声を上げた。

眉を上げながら、僕たちを見てうんうんと何度も頷いている。

そんなに感動してくれるとこっちまで嬉しいけど、まあもう少し落ち着いて。

ここで間食を食べることにしたのは僕とリリーだけで、おふたりはレモネードだけ飲んでいたんだけどな。すかさずカトラさんたちも同じ魚介スープを注文したので、結局全員で食べることになった。

足下で待っているレイは、スープとかは好みじゃないようだ。あまり興味がない様子で地面にべたーっと脱力している。

「どうやったら、こんなに美味しく作れるんですかね？」

「うーん、そうねえ……」

パクパクと食べながら、カトラさんとメアリさんは調理方法について話し合っている。

「ここまでの深みを出すのは、素人にはなかなか真似できなさそうね。多分はじめに、魚に焼き目を付けるときに何かを使ったり、その他でも色々と野菜や果物を使ってるみたいだから」

す、凄いな。

さすがピクニックのときに、あんなに美味しいお菓子を作ってくれたメアリさんだ。

何度かスープを口に含みつつ、深みの正体を探るその言葉に、耳を傾けながらふむふむと頷いてしまう。

「でも、残念なことに……」

僕はそう言いながら、メニュー表を開きこのスープを指した。そこには『当店オリジナル』の文字が。

「これだと教えてもらうわけにもいかないでしょうね」

二人もこの記載には気付いていたのか。

驚くことはなく、はぁ～と溜息を吐くと諦めたように肩を落とした。

「……そうよ！　けどね、トウヤ君」

が、カトラさんの目にはすぐに光が宿った。

「旅の途中で、この味を再現できないか頑張ってみるわ、私。食材はトウヤ君に持ってもらうことになるけど……」

「そのくらいでしたらお安いご用です。僕もまた食べられる日を楽しみに待てますし」

スープは比較的、鍋や寸胴だけで完結する。野営中の調理も容易だ。

「ありがとう。じゃあ、また今度食材を買い集めないといけないわね」

「はい、ではその際はお供します！」

カトラさんと僕が何故か熱くなっていると、同様にまたこのスープを食べたいリリーは、拍手を送ってくれた。

「おー……楽しみ」

まあそんなこんなで、四人での観光は特に大きな出来事があるわけでもなく。

カフェを出て、みんなで楽しく街を歩いていると、突然声をかけられた。

「あれっ、トウヤくんとリリーちゃん。それとカトラさんも！」

「……ん？」

足を止め、声がした方向を見るとセナが手を振っていた。

「あら、セナちゃん。ここが……この前言っていたご実家？」

カトラさんに言われて、セナがいるのが青果店の前だと気付く。

今日はセナもエプロンをつけてるし、仕事を手伝っている最中なのかな。

「はい！　そうだ、ついでに何か買っていかれませんか？　うちの野菜はどれも美味しいですよ」

店先まで近づいていくと、セナが両手を揉みながら野菜を売り込んできた。

「ごめんなさいね。私たち、今いろんな場所を回ってて」

商魂たくましいが、ちょっとわざとらしくて可愛らしい動作に、カトラさんも思わず笑顔になりながら断っている。

「また今度、時間があるときにたくさん買いに来させてもらうわね」

「約束ですよ？　お待ちしていますので」

そこまで言うと、セナは握っていた両手を離した。なんとなく商売人モードから抜けた気がする。

「そういえば、その格好。みんな素敵だね」

僕たちの服装を見て、最後に目の前にいたリリーに伝えてくれている。

「……ありがとう」

「ねえカトラちゃん。こちらは？」

その後ろではメアリさんが、カトラさんにセナのことを訊き、手早くかくかくしかじかと説明を受けている。

「まあ、さっき話していた漁にも一緒に行ったのね」

メアリさんは嬉しそうに自ら前に出た。

「あの、こちらは……」

「リリーの母のメアリよ。リリーたちと仲良くしてくれてありがとうね」

「リリーちゃんの！」

一瞬戸惑った様子だったセナも、メアリさんがリリーのお母さんだと聞き驚くと、ぺこりと頭を下げた。

「はじめまして、セナです。お綺麗だからびっくりしちゃいました」

「まあ。ふふっ、ありがとう」

メアリさんが嬉しそうなのは、娘の新しい友達に会えたような感じだからなんだろう。

「あれ？　でもリリーちゃんたちは旅の途中だって……」

さっきジャックさん夫妻とリリーの関係を知ったニグ婆とは違って、セナはクーシーズ商会とかに関することは知らないもんな。

僕たちのことは、ただの旅人だとしか聞いていないわけだし。

それなのに何故、母親が突然現れたのか。そんな当然の疑問に、リリーが答える。

「パパとママも仕事で、昨日ネメシリアに来た」

「ああっ、お仕事で！　じゃあ……商人？」

「うん、そう」

ネメシリアに来るとなったら、もう商人一択になる感じみたいだ。

海に出て他の場所に行くってなっても商人が大半だからかな。

というかそもそも、この世界でいろんな場所を回るのは冒険者とか、商人がほとんどなのかもしれないが。

「そうだわ。せっかくだし、セナちゃんにこの辺りでおすすめの場所を教えてもらえないかしら？」

もう行く流れかと思ったけど、最後にメアリさんが手を合わせてそんな提案をする。

「派手じゃなくても構わないから、どこかあるかしら」

「おすすめの場所……あ、そうだ」

顎に手を当て、考え始めてくれたセナはすぐに思い当たる場所があったらしい。

「ほんと、派手じゃなくて地味ですけど。この近くにある資料館なんてどうですか？」

「資料館……？」

僕が訊くと、頷いて詳しく説明してくれる。

「うん。そんなに規模も大きくなくて、あんまり行く人もいないけどね。一応あるだけで、町内会で管理しているくらいの場所だから」

へぇー。

だけど、いくら小さい規模でも資料館があるなんて凄いな。日々の余裕なんかも日本とは全く違うから、そんなものがあるとは思いもしなかった。

「じゃあ……行ってみましょうか」

メアリさんが僕たちの表情を確認してから、最終的な決定を下す。

セナにはそれからさらに説明を聞いたが、ネメシリアの街や漁師たち、移民たちの歴史を残すためにその資料館は作られたらしい。

この街も古くからあって、歴史を大切にする人々がいるからこそ、そんな施設があるんだろう。

行き方も教えてもらい、セナとは別れることになる。

「ありがとうね、それじゃあまた」

カトラさんの挨拶に続いて僕たちも「バイバイ」と手を振り、セナの実家である青果店を離れた。

あまり距離はないとのこと。

真っ直ぐ行くと、小さな十字路に出た。

「あそこに大きな木が見えるので、こっちで間違ってないみたいですね」

十字路を右に曲がり、進んでいったら大きな木がある家を通り過ぎ、もう少し行けば小さな建物が見えてくる。

まず言われていた通り大きな木がある家を見つけ、通り過ぎていく。

ちなみにこの木がある家。セナ曰く、ダンドたちの家だそうだ。

家が密集しているエリアなのでだだっ広いわけではないが、周りの家と比べると土地も広く、家も歴史を感じさせる。

アルヴァンさんは仕事で、ダンドもニグ婆と作業の手伝いに行かされているのだろう。

家の中から人の気配はしなかった。

それから少し歩くと、小さな建物が目に入ってきた。

『資料館』と書かれた看板がドアにかかっているので、ここで間違いないだろう。

「可愛らしい場所ね」

メアリさんがそう言いながら入っていくので、僕たちも続く。

入り口ではお婆さんが椅子に座っており、「何かあったら声をかけてください」と言ってくれた。

というか、本当に自分たちの街の歴史を保存することが施設の目的なんだな。

入場料は取られなかったが募金箱があったので、少し太っ腹に一人大銅貨一枚ずつ入れて中に入ることにした。

資料館の中は、大きく一つの部屋になっていた。

壁に沿って色々と小物が置かれていたり、絵がかけられていたりするが、たしかに規模は小さめだ。

説明書きなど、手書きで丁寧に添えられているのでじっくり見たら時間はかかる。だけど子供とかが、さっと見ただけで次々行っていると一瞬で回り終えてしまうだろう。

まあ幸い、リリーも興味があるようなので僕たちは大丈夫そうだ。

肩で欠伸をしているレイにだけ、のんびりと待ってもらうことにする。

ふむふむ……へぇ、そういうことが。

などと、その昔、海の向こうで戦争に敗れた国に住んでいた民たちの一部が、このネメシリアに移ったことなどを知る。

元の国で造船業を生業としていたのが、アルヴァンさんたちのような肌の色の方々だったようだ。

それがこちらに渡り、生きていくためにも地元民と交流を持ちながら漁に出始めたらしい。

多くの移民たちが海を越える際、自らで造った船を使ったそうだが、その設計図なども展示されていた。

決して大きくはないが、左回りで進んでいくと次第にネメシリアも発展していき……。

「これが今の地図ですね」

最後には現代のネメシリアの地図が置かれていた。

「いやぁ。教えてもらえて良かったですね、ここ」

僕が満足げにそう言うと、メアリさんも同意する。

「そうね。セナちゃんに教えてもらわなかったら、こんなに良い場所の存在にも気付けなかったわ」

隣で銀の海亭や、クーシーズ商会の場所を地図で指し合っているリリーとカトラさんも頷いている。

みんな満足で、想像以上に良い時間を過ごせたみたいだ。

「どれくらいの人が利用するかはわからないけど」

カトラさんがそう言って、続ける。

「フストにもこういう場所があるといいわよね。街や、そこに住む人たちの歴史を残すって、きっと意味があることなんじゃないかしら」

歴史を残す重要性、か。

この世界でも学問の道を歩んでいる人たちにとっては、日頃から大切にしていることなのかもしれない。

けど一般的な多くの人たちにとっては、歴史は言い伝えや、それこそフストでのアヴルの年越し祭みたいにイベント事で残す物だろうからなぁ。

たしかに、この資料館みたいにしっかりとした資料とともに残せたら、誰でもより詳しく見られていいと思う。

維持費とかの諸問題はあるだろうけど……。

カトラさんの言葉に僕とメアリさんが色々と考えさせられていると、地図を見ていたリリーが不意に訊いてきた。

「ねえ……これ、なに？」

僕たち三人も顔を寄せて、リリーが指している地図の部分を見る。

この辺りは……あ、ちょうど銀の海亭の反対側だ。

高台になっているので頂上の方にネメステッド像があり、そのさらに向こう側のことをリリーは言っているみたいだ。

ネメシリアの外にあたるのかな？

なんか点線で空間のような場所が描かれているけど。

僕は当然知らないので、カトラさんとメアリさんの様子を窺（うかが）ってみる。

カトラさんも知らないらしい。

首を傾げていたが、メアリさんはその場所について知っていたようだ。

「あら、そこはビーチね。ネメシリアの住民が遊ぶときくらいにしか使われてないそうだけど、昔、リリーが生まれる前にパパと一緒に行ったことがあるのよ？　サラサラの砂浜でね」

ビーチなんてあったんだ、この街。

ジャックさんたちの若き日の思い出に、甘酸っぱい匂(にお)いもしてくるが、今は先にビーチについて確認しておきたい。

「ここって、今も行けるんですか？」

「うーん、どうかしら。あとで商会に戻ったら、ノルーシャにでも話を聞いてみましょうか。大丈夫そうだったら、そうね。みんなで行ってみましょう。なるべく早くしないと、滞在できる日数も限られてるから」

行けるといいな。

海に面した部分は全て港になっていて、舗装されてるからなかなか海水浴とかはできないのかと思っていたのだ。

せっかく海に面した街にいるんだから、砂浜で遊んでみたい。

メアリさんも今言った通り、ジャックさんたちが来たということは僕たちの出発も、もういつしても良くなったというわけで。

メアリさんたちもフストをずっと空けてはいられないから、一週間後にはネメシリアを出る予定とのことだ。

これから予定についてさらにみんなで話し合って、色々と決めなければならない。

「おぉ……いきたいっ」

リリーもビーチには興味津々のようで、小さな口を丸くすると目を輝かせた。

街を回り、夕方頃にクーシーズ商会に戻ってからメアリさんが訊いてくれると、今もビーチは使われているとノルーシャさんが教えてくれた。

仕事を終え肩の力が抜けたジャックさんの提案で、二日後に僕たちみんなで遊びに行くことになったのだった。

第五章

ビーチで過ごすひととき

穏やかな波が打ち寄せる砂浜。

ジャー……ジャー……と一定のリズムで波の音が辺りに響く。

空は快晴。

日差しが強いが、治癒の生活魔法で皮が剥(む)けたときのヒリヒリは対策できるので大丈夫だ。

予定通り、僕たちは今日ビーチに来ていた。

ネメステッド像を通り過ぎた場所にある細い階段を下ると、全長百メートルもいかないくらいの砂浜がひっそりとある。

今は他に利用客もおらず、僕たちだけの貸し切り状態。切り立った崖で影になった場所と、何本かの南国風な木があるだけで他には何もない。

海水浴仕様のファッションのカトラさんやリリーは、海で楽しそうに遊んでいる。レイも無力化を解いて、元気いっぱいに駆け回っている。

一方で僕は、持ってきたパラソルの下でジャックさんといた。

もちろん僕たちも海で遊べる格好はしてある。ただ、さっきジャックさんに呼ばれてこっちに来たのだ。

「出発の日程は、カトラちゃんと話し合ったのかい？」

「はい。いただいたお時間で、昨日お互いの考えを確認しました」

「そうか、良かったよ」

一昨日から今晩まで、リリーはジャックさんたちの宿に泊まっている。

親子での時間をとるためでもあるが、これまで旅を経験してみてどんな感じか、これからも続けたいか、しっかりと話をするためにだ。

その間に、僕たちもそろそろ時間だということで、出発について意思疎通をとり、スケジュールを明確にすることにしていたのだった。

「それで、何日後に？」

「僕たちとしては、五日後のまだ涼しい時間帯に出ようかなと」

何週間後、とかの話ではない。これまで十日ほど滞在しているのだから、旅の計画としてはネメシリアにはもう十分にいただろう。

ジャックさんには心配をかけちゃったけど、想像もしていなかった漁に出たりすることも出来たし。

「五日後か。私たちもその日の昼頃にフストに向かって帰るつもりだったから、数時間前に君たちが出発することになりそうだね」

「はい。メアリさんからそのことについても聞いていたので、良いタイミングだと思って合わせてもらいました」

「なるほど……。わかったよ」

ジャックさんは考え事をしているのか、上を向いている。

離れた場所から聞こえてくるカトラさんたちの声と、波と風の音。

静かで、良い場所だな。

……そうだ。

一昨日のうちにノルーシャさんに聞いて、伝手で金物屋にたこ焼き器の作成依頼を出してもらったからな。

鉄板に型をつけたりするだけの簡単な設計だから、比較的早く完成するだろうし、出来たらここに来て試しにのんびりとたこ焼きを作ってみてもいいかもしれない。

たこはクラクを使うから、たこ焼き粉とかソースにもぴったりな物を探しておいて。

五日後には出発と決めた手前、残された時間はそう多くないのだし楽しまないと。

本当は、これ以上ネメシリアにいたら人々との関係もより深まって、フストの二の舞になるのではという考えもあり、早めの五日後に出発することにした部分もあるんだけど。

決めた後になったらなったで、まだ楽しみ足りてないと感じるとは。

時間が自由だからこそ、自分で日程を決めていかなければならない難しさを実感していると、ジャックさんが側に置いていたヤシの実ジュースを飲んでから言った。

「よし。だったらその前日に、夕方くらいから食事会を開こうか。フストの時のように、出立を祝ってね」

「食事会ですか？　それは嬉しいですけど……もう大丈夫なんですか、その、リリーとの話し合いは」

ジャックさんは少し気恥ずかしそうに笑う。

「ああ。私たちがわざわざ、あれこれと聞く必要もなかったくらいだったよ。珍しく自分からいろいろと教えてくれてね。あの子があんなに楽しそうに話しているのを見ることができたんだ。当初抱いていたような心配は見当たらなかったから、このまま送り出してあげようじゃないか。そう妻とも話したよ」

「……っ！　そうだったんですね。じゃあ……」

「君とカトラちゃんに、今後もリリーを任せるよ」

そうか。

いや、本当に良かった。

「ありがとうございます！」

最終的にはジャックさんたちの判断で今後が決まることになっていたから、どうなるか不安ではあったのだ。

これまでの僕とカトラさん、リリー、そしてレイやユードリッドでの道のり。ネメシリアに入ってからの生活のことを聞いて認めてくれたようだ。

といっても、この感じだと結局はリリーが楽しんでいるのだから、そのことを満足にさせてやりたいという親心あってこそのものだろうが。

ジャックさんは、海でカトラさんやメアリさんと水を掛け合っているリリーを見ている。

その目に宿る、父親としての優しさに。僕は危険に無闇矢鱈に近づかないのはもちろんのこと、責任を持って楽しい旅をともにできるようにしようと思った。

「それで……。今日はなんで、あの二人も？」

「ああ、トウヤ君たちからも話を聞いていて気になっていたんだけどね。メアリから、以前街で彼女と会ったって聞いて、せっかくだから誘ってみたら良いんじゃないかと思ったんだ」

「あー、あの時のことをメアリさんから」

話を海で遊んでいる人物たちに切り替える。

そこには海を満喫しているカトラさんたちに参加して、水着姿のダンドとセナの姿もあった。

一昨日、僕たちが実家で働くセナと会ったことから、今日は彼女たちも誘ったようだ。

「ダンドが来ると聞いて、リリーが微妙な反応をしたりしなかったんですか？」

「うーん……あ、あれはそういうことだったんだね」

ジャックさんは、記憶の中の出来事に今合点がいったように苦笑いを浮かべている。

「ま、いまは普通に楽しそうにしてくれてるから良かったよ」

そう言われて、僕もリリーを見る。

たしかに、まだダンドとは意識的に距離を空けているようにも見えるけど、前までと比べるとそこまで嫌な顔をせず普通に楽しんでいる。

自分に向かってダンドが変に近づいてこないよう、間に入ってくれるセナがいるからかかな。

「娘を嫌な気分にさせてまで、することもないからね」

「もしかして、ジャックさん……」

「ん？」

　ふと思ったことがあり見ていると、彼も眉を上げながら視線を返してくる。

　しばらく目が合っていたが、こちらが探るようにジッと見続けているとジャックさんはニコリと笑った。

　上がっているのは口角だけで、目は真面目そのものだ。

「……いやぁトウヤ君は鋭いね。そうさ、君たちの話を聞いてあわよくばと思ってね」

「やっぱり、そうでしたか」

　薄らと僕が予想していたことは当たっていたらしい。

　ジャックさんが、僕らがアルヴァンさんと知り合いになれたこの機を何もしないまま逃したりはしないに決まっているもんな。

　こうやってセナをキッカケにしつつも、結局はダンドもビーチに誘ったのは、その先にいる漁師の長たるアルヴァンさんを見据えてのことだったみたいだ。

「ニグ婆のカンバのオイル漬けは商会で取り扱ってましたけど、アルヴァンさんとはどういう狙いがあるんですか……？」

　興味本位で訊いてみる。

「前々から魔道具を使った流通で、漁で獲れた海産物をもう少し広い範囲……ネメシリア近郊の都市でも売れないかと思っていてね」

それだけでなく、とジャックさんは続ける。

「港は漁師たちが抑えているから、仲良くなっておけば商船の出入りなども融通が利きやすくなるかもしれないだろう？　自分たちに利益があって、相手方にもメリットが見込める案件があるんだ。悪くはない話だからね。ここで踏み込まないわけにはいかないよ」

「なるほど……」

す、凄いな。

きっと僕たちが知らない所でも、裏で色々と話が動いたりしているんだろう。

本当に、僕は自分がのんびり旅して、レンティア様に貢物を送ったりするだけで良いからなぁ。

ジャックさんとは対照的に、かなりお気楽にやらせてもらっているものだ。

「だから、さっき話した出発前の食事会にダンド君のお父上……アルヴァンさんもお呼びできそうだったら招待しようかと思うんだが、構わなかったかい？」

「あっ、それはもちろん。そういう機会がないと、ネメシリアを発つ前にお会いすることもできるかわからないので、僕としてもぜひ誘っていただけると嬉しいです」

「そうか、わかったよ。じゃあメンバーも揃えて、こちらで手配しておくからね」

「はい！　よろしくお願いします」

フストのときとは期間も違う。

短い関係で、そこまで深く付き合う気もあまりなかったけど、十分にお世話にはなったからな。

最後にお会いして、気持ちよく出発できるというのなら僕としても嬉しい話だ。

ジャックさんに軽く頭を下げていると、砂浜を踏んで歩く音が近づいてきた。

「トウヤ君、カトラちゃんたちが呼んでるわよ」

「あ、メアリさん」

顔を上げると、少し疲れた様子で海から戻ってきたメアリさんがいた。

言われて海の方を見ると、カトラさんたちがこっちに手を振っている。

「トウヤ君もこっちに来て、遊びましょ〜！」

リリーやセナも日照りの下、満点の笑みを浮かべている。

いつの間に、レイも海に入って犬かきで泳いでるし。

「ありがとうございます。じゃあ」

腰を上げてメアリさんとジャックさんに声をかけてから、僕も海に向かうことにした。

足場の悪い砂の上を、思いっきり走る。波打ち際あたりでピョーンと軽く飛び、持ち前の跳躍力で海に飛び込んだ。

「オラオラァ……！」

「きゃー!!　もうダンドってばっ！」

今日はダンドもテンション高めで、セナと子供らしく水を掛け合っている。

彼らから少し離れたところでは、リリーが脱力して水にプカプカと浮かんでいた。

カトラさんがそんなリリーに付き添って、足がつくところまで運んでいってあげてるようだ。

二人は波に揺られながら、まったりと過ごしている。

さて、僕も海に入ったが良いが何をしよう。

何となく泳いでいるレイに平泳ぎでついていく。

「凄いわね、トウヤ君。泳げるのね」

「あ、はい。一応は……」

そんなことをしていると、近くを通った際にカトラさんに言われてハッとした。

そうか。ダンドやセナが泳いでいるのはさっき遠目に見たけど、海がない場所で育ったりしたら泳げない人もいるんだな。

学校でプールの授業を受けるなんて、地球でも海外に行ったら機会がなかったりするくらいなんだし。

誤魔化(ごまか)しつつ、すいーすいーと離れていく。

この体になって泳ぐのは初めてだから、全力で泳いでみようかなって思っていたんだけどなぁ……。

一人で来たときにすることにして、今は力を抜いて泳ぐだけに止めておく。

うーん。

というか、脚に力を入れて高速で動かしたら、立った状態で腰から上くらいまで余裕で水の上に出せそうだ。

魔法も駆使したら、水の上を走れたり……。

いや、さすがにそれは難しいのかな？

空を飛ぶのと同じくらい、何歳になっても憧れるシチュエーションではあるんだけど。

諦めて、レイと並んで犬かきでぐるぐる辺りを周遊していると、ダンドがセナ目掛けて飛ばした水がリリーに当たり、魔法で逆襲の制裁が下されていた。

リリーが体を起こし、手のひらから筒状のそこそこ太い大量の水をダンドの顔に放水している。

「ぐぶぁ……あばばばっ」

ゴボゴボと口から泡を吐きながら、水に溺れているダンド。

「やれやれー！　リリーちゃんっ」

セナも拳を突き上げて応援している。

ダンドは海の中に逃げても意味はないし、と慌てながらも色々と考えたのか、最後の最後にくるりと後ろを向いて呼吸する術を見つけたようだ。

「ごほっ、ごほっ。死ぬ……マジ死ぬ……」

膝に手をつき、背中を丸くしながらそう言っている。

「これでよし」

一仕事終わったとばかりに、リリーは満足げに脱力モードに戻っている。隣のカトラさんは、苦笑気味にそんな様子を見ていた。

「あはは、リリーちゃん……」

そしてダンドはというと、近づいてきたセナに「良かったじゃん。また、リリーちゃんの魔法を間近で見られて」と皮肉を言われ、再び二人できゃあきゃあと楽しそうに遊び出している。

あの二人……。

昔から一緒にいるって言うだけあって、なんだかんだで二人でいると楽しそうだな。気が合うのか仲も良さそうだし。

ダンドも、周りにアルヴァンさんやニグ婆をはじめとした大人がいなかったら、セナとは素直に接せられるのだろうか。

まあ僕たちも出発が迫っているのだし、あまり彼らに踏み込むつもりはないが。

だけど、こうして出会った以上は、未来が明るいものであることを願わずにはいられないものだ。


日が傾き始めた頃、遊びを切り上げてビーチから撤退することになった。

さっきカトラさんに、ジャックさんにも出発予定日を伝えたと報告した。砂浜からの階段を上る最中、今のうちにセナたちにも五日後に街を出ると話しておく。

「五日後かぁ……寂しくなっちゃうね」

セナは小さくそう言ったが、ダンドは無言だった。

それぞれがわいわいと話しつつ、ネメステッド様の足下を横切る。

「トウヤ君たちも次の街に行っちゃうけど……」

丘を下り始めた辺りで、ちょうど僕の前を歩いていたセナが、思い切った様子で隣にいるダンドに話しかけているのが聞こえてきた。

「あんた、将来のことちゃんと考えたの？　最近はおじさんにも言われてたけど、冒険者を続けるのかどうか、とか……」

「いや、別に。今はいいだろ、そんな話」

ダンドにとっては触れてほしくない話なんだろう。

面倒だとばかりに、少し声が硬くなっている。

「ほら、いっつもそうやってはぐらかしてさ」

「は？　だったら何なんだよ……っ。あれか？　お前もオレに冒険者を辞めろって――」

「いや、そうじゃなくて。あたしは別にダンドが冒険者を続けたいなら続けたらいいと思ってるけどさ。どんな形でも、何でもどっちつかずにせずに、そろそろはっきりとさせていくことも必要なんじゃないかって思ってるの」

先頭を行くジャックさんたち親子には、二人の声は届いていないみたいだ。僕以外には、ちょっと後ろを歩くカトラさんだけがこっそりと様子を見守っている。

「ルードとリィシャたちなんか、お互いの家の仕事を継いで関係もいいみたいだしさ。あとは大人になったら、数年で結婚して子供ができて……とか。あんたは誰かと暮らすつもりとかないの？」

「あーはいはい、わかってるよ。オレだって別に、将来的には誰かと暮らしたりするかもしれねぇだろ。この話、もういいだろって」

名前が出てきたルードとリィシャは、同世代の子たちなのかな。

ダンドは流すように適当に頷いている。セナが暗に伝えたがっていることの意味を、しっかりとわかっているんだろうか。

「いろいろ言われて、最近はオレなりに将来のことを考えたりしてんだ」

付き合いが短い僕にでもわかる。セナはなんだかんだでダンドに気があるのだろう。

しかし何を言っても響かず、ダンドは結局曖昧な答えしか返さない。

自分でも自分自身の気持ちがわからず……というか、これからの人生を大きく変えるいくつもの分岐点に出会い、選択することを恐れ、避けてしまっているのだろう。今後は責任を負ってくれる人は誰もいない。薄々そう気付いているからこそ、現実から目を逸らして。

大人になる過程での、そういう年頃だと言ってしまえれば簡単なんだろうけどなぁ。ダンドの場合は依頼が少なく暇にもかかわらず、それでも自由を与えてくれる冒険者という職業がある。

だから踏み出さなければならない一歩が、より遠くなってしまっているのかもしれない。

セナは今日はもういいと思ったのか。

「じゃあ今度聞かせてよね。あたしは先に言っておいたから。ちゃんと考え、まとめといてよ」

それだけ言うと、強引に話を打ち切って歩く速度を上げた。

「ああ……はい、はい」

本当に了解したのか怪しい投げやりな返事をするダンド。

僕は横に並んできたカトラさんを見上げ、目を合わせた。彼女も肩をすくめ、「セナちゃんも大変ね」とでも言うような目をしている。

◆

出発の日時が決まると、時間は思いのほか早く流れた。

それからの三日間、まず初めの一日で諸々の買い出しを済ませることになった。

フストを出たときと同じように、これからの旅路で必要となる物や、この街で買っておきたい物を片っ端から購入していく。

元々の計画では、街に滞在している間にお金を稼ぎ、旅費を賄っていくつもりだった。

しかしネメシリアは、知っての通り冒険者の仕事がほとんどない。

出発までの宿泊費は、ノルーシャさんがリリーを筆頭に僕たちとの今後の付き合いを期待し、旅の祝いという名目で支払ってくれた。だから最近は出費も抑えられ、非常に助かっているけど……

正直なところ、それでも段々と懐（ふところ）事情が厳しくなってきている。

一番稼ぎが見込める次の目的地、迷宮都市ではしっかり収入を得て貯金をつくらないとな。

もしかするとその前に、間の小さな街で仕事をしないといけなくなるだろうか？

いや、食料はアイテムボックスにたんまりとあるんだし、宿さえどうにかなれば大丈夫なはずだが……。

あっ、そういえば。

ギルド証の失効期限の関係で、ネメシリアを出発する日にアイテムボックスに収納している薬草をいくつか売るつもりだったけど、その日にクラクから獲れた拳一・五個分くらいの魔石も売れば、いくらか余裕ができるかもしれない。

よしよし、お金のことは思ったより大丈夫そうだ。

心配しなくても良さそうなので、話を元に戻す。

買い出しには僕とカトラさん、リリーの三人で行った。もちろん僕は、今や定位置になった肩にレイを乗せてだけど。

ジャックさんとメアリさんは、日中は仕事があったり、滞在中に観光で巡っておきたいところがあるとのことだったので、いつものメンバーだけで街に繰り出すことになったのだ。

まずは保存が利く物をメインで取り扱っているお店で、パスタを購入。

標準的な麵タイプのものから、平麵系のフィットチーネ。マカロニやペンネをはじめとしたショートパスタに、料理に使えるようにラザニアっぽい板状の物まで一通り買っておくことにした。

他にも魚介類など、この街ならではの物を買っていき……。

当然、民族衣装を着て街を回った際、カフェで決意したカトラさんのスープ作りのための食材も大量に集めていく。

鍋や薪、その他の生活必需品については粗方揃っている。最終的に振り返ってみると、今回購入したのはほとんどが食材だった。

「ユードリッドの様子を見てもいいかい？」

夕方頃に合流すると、ジャックさんが開口一番にそう言ってきた。

元々なるべくストレスにならないようにと、ネメシリアに着いてからも最低でも数日に一回は、街の外まで出てユードリッドが運動不足にならないように気を配っていた。

レイも同じタイミングで無力化を解き自由にできるから良いと思っていたけど、その甲斐があったのだろうか？

宿の厩舎で状態を見てもらうと、ジャックさん曰くユードリッドの体調は万全とのことだった。

「むしろ前よりも元気になっているんじゃないか？」

嬉しそうに笑いながら、ジャックさんはユードリッドを何度も撫でながら話しかける。愛情の深さを目の当たりにし、このままの調子で大切にしてやってほしいと頼まれた僕たちは、改めて気を引き締め深く頷いた。

そして、残りの二日間は各自が自由に過ごすことになった。

リリーはジャックさんたち両親と、僕とカトラさんは一人ずつ別々に自由行動を満喫する。

二日のうち片方は、前から気になっていたクーシーズ商会の二階にあった魔法書を物色するため、僕はレイと商会に行ってみることにした。

本来は立ち読み厳禁だけど、特別に前もってジャックさん経由でノルーシャさんから閲覧の許可は貰っていた。

魔法書は高価な物なので、いつでもすぐ隣に店員さんがいる。

いくら許可してもらっているとはいえ、あまり熟読したりするのはさすがにマナーが悪いので、パラパラとだけ見させてもらうことにした。

何冊か欲しい本も見つかったが、値段を聞くと目が飛び出るほど高かった。現時点で手元にある金額では、まったく手が届かない。

これは……うん。ないものは出せないし、今は綺麗さっぱり諦めるしかない。

しかし知識としてだけでも気になる魔法をいくつか知れたことで、探究心に火がついた気がする。

冒険者として働いて、稼いで。そんな日々を送れるであろう迷宮都市では、きっと魔法についても成長できるはずだ。

冒険者が集まる都市だって聞くし、魔法書なんかもたくさんあるといいんだけどなぁ。

商会を後にして、近くにあった屋台で小さめのエビを素揚げし串に刺した物を買う。それを食べながら、残りの時間は辺りを散歩してみることにした。

と、その前に。

前日の買い出しの際も、しっかりと食べ物を買ったときは、レンティア様とネメステッド様にも忘れずに献上していた。だからエビ串も追加で二本買って送ってみると、

『おお！　味付けもシンプルなのに、これまた旨(うま)いね！　酒にぴったりだろうが……いや、まだ仕事があるからね……ぐぬぬっ』

『何ッ⁉　なんだ、この鼻を抜ける豊かな香りは──！　エビというものは、殻をそのまま食べても美味(おい)しいではないか。しっかり噛(か)んでいくと、口の中に無限の風味が広がるぞ──ッ⁉』

二柱の神様がこんな感じで脳内でリアクションをとってくれるので、最近はこの反応が結構楽しみになってきていたりもする。この前日は特に、おふたりともお酒を呑みながらかなり楽しそうにしてくれていた。

今回もレンティア様たちはわいわいと騒いでいる。

しばらくすると、ひとしきり盛り上がり終わったのか。お二方は急にしゅんとテンションが下がったかと思うと、現実を思い知ったかのような平坦な声で別れを告げ、お仕事に戻られていった。

僕は引き続き、自分の時間を過ごしながらダラダラと一日を過ごすことにした。

そして、夜に宿でカトラさんとリリーと落ち合い、リリーが食事会の手配をしてくれたジャックさんから伝えられた集合場所と時間を教えてくれたのだった。

第六章

ここで生きる人々、次への出発

翌日。

日中にネメシリアを出発できる準備を済ませた僕たちは、夕日が空を赤く染める中、街外れの海辺にあるテラスへと来ていた。

大きく開けた南側からは、目の前に広がっている海を一面堪能することができる。

布製のソファーにベンチ、ハンモックなど。心地よい風に吹かれながらゆったりできて良い場所だ。

食事会の開始時間まではまだ少しある。

お店側のスタッフさんたちが最後の準備を進めている中、先についていたジャックさんたちと中央にある一番大きな机について待つ。

「え……。ノルーシャさんって昨日からネメシリアを離れてるんですかっ？」

ドリンクを飲みながら話していると、驚きの事実が判明した。

僕の質問に合わせて、リリーとカトラさんも目を向けるとジャックさんは頷いた。

「ああ。仕事の関係で、君たちも次に行くダンジョールへ行ったよ」

「そ、そうだったんですか……」

宿代と魔法書のこととか、短期間ながら色々とお世話になったからご挨拶したかったんだけどなぁ。

今日の食事会に呼んでもいいのに、と思っていたがいなかったのはそういう事情だったらしい。

ちなみにダンジョールとは、迷宮都市の愛称みたいなものだそうだ。正式には『迷宮都市』として名付けられていないが、住民や商人などを中心にこの呼び名が使われ始め、自然と広まっていったんだとか。

「あら、ダンジョールに」

カトラさんが意外そうに言う。

「そんなに残念がらないでも、私たちも向こうに行ったらまた会えるはずよ。入れ違いにならなかったらだけど……ジャックさん、ノルーシャさんはどのくらいあちらに？」

よほど僕が残念そうにしてしまっていたのか、カトラさんに励まされてしまった。

「ダンジョンで産出された魔道具の購入をはじめ、あそこには魔道具関連の職人たちもそこそこいるだろう？　そんな職人たちと契約を結びたいところなんだが、難航しなかった場合でも、一ヶ月はいるんじゃないかな」

「だったら私たちがゆっくり向かっても、問題なくダンジョールで会えそうね」

たしかに、それだったら普通に会えそうだ。

良かったけど、それにしても……。

「ジャックさんからいただいた【幸運の指輪】は、ダンジョンで産出されたって以前仰っていましたけど」

　自分の人差し指の付け根を、右手で指して続ける。

「迷宮都市には、魔道具を作れる職人さんもいるんですか？」

「ああ、そうだよ」

　ジャックさんが頷くと、横からメアリさんが追加で教えてくれる。

「あそこは魔道具の修理や調整、改造ができる人が大半だけど、ゼロから作れる方も何人かいるのよ。作るのは難しくて地位も立場もあがるから、王都の方に行った方が、人数としては多いのだけどね」

「へぇー……そういう感じなんですね」

　魔道具って、職人の中でもゼロから作れる人は極一部なんだな。

　まあ漁港で使ってる氷造機なんかも、魔力を込めたら氷が出てくる魔道具とかがあれば、あとは魔石から魔力を取り出す物と組み合わせたりしたら作れそうだし。色々と、効果が小さい魔道具同士を組み合わせたりすることで生まれている物も多いのかもしれない。

　リリーが使ってる『合わせ鏡のマジックブック』とか、シンプルで明らかに不思議な物がそれだけ稀少なのも頷ける。

「それで、ノルーシャさんが魔道具のために向かわれたっていうのは、ビーチで言われていた構想のためにですか？」

「そうそう。魔道具を使って魚を凍らせたいんだ。あとは容量が小さいタイプでもいいからマジックバッグに入れられたら、保冷さえできれば馬車で簡単に運べるだろう？」

凄い。完全に冷凍での流通を実現するつもりなんだ。

ジャックさんの本気度が、目から伝わってくる。

「うん？　魚を凍らせる？」

カトラさんは以前に話を聞いていないので、何のことだろうと他の面々の顔を見て探っている。

メアリさんはジャックさんからすでに聞いているみたいだし、リリーは……どっちかはわからないけど、あんまり興味がない話なんだろう。

ハンモックの方に行くと、足をぷらぷら揺らしながら海を見ている。一緒に無力化状態のレイもハンモックに乗せてくれてるようだ。

「ああ、カトラちゃんにはまだ話してなかったね」

ジャックさんはそう言うと、グラスに注がれた水に口をつけてから説明を始めた。

「現段階では保存が利く食品を、フストやその間にある街に流通させ始めようと思ってるんだけどね。なるべく早い段階で、次は魚をはじめとした生ものも運べるようにして食の文化圏を広げたいんだ。もちろん、鮮度は落ちてしまうだろうが……」

「食の文化圏を広げる、ですか。ふふっ、なんだか素敵な響きね。それだとフストの森オークのお肉も、将来的にはネメシリアで食べられたりするようになるのかしら？」

さすがはカトラさんだ。

理解が早い。

「そうだね。消費のバランスを崩さない程度に、上手く管理してフストから森オークも発送していきたいと考えてるよ」

ジャックさんは、その後も流通に関するビジネスプランを語ってくれた。

初期投資がかなり必要で、十分な利益をあげるためには馬車の台数も増やし、広範囲にわたる物流網を構築しなければならない。

労力はかかるが、今の立場があるからこそできる一大事業だと目を輝かせて話していた。

僕も会話に入れてもらいながら、主にジャックさんとカトラさんと三人で盛り上がっていると、約束の時間が迫っていたようだ。

少し緊張した面持ちで、アルヴァンさんがダンドとニグ婆、そしてセナを連れてやって来た。

「今日は誘ってくれてありがとう。ダンドの父親のアルヴァンだ」

アルヴァンさんは、みんなの到着に合わせて立ち上がったジャックさんとメアリさんと順に握手をしている。

その間、僕たちもセナやニグ婆、そしてダンドと挨拶をしておく。

「おじさんってば、なんか緊張してるね」

可笑しそうに小声でセナが言うが、たしかに傍目から見ても間違いなく緊張してるな。

「リリーの父のジャックと、こちらは妻のメアリです」

「はじめまして、漁の際は娘たちが大変お世話になったようで。ありがとうございました」

対するジャックさんとメアリさんは、さすがの慣れっぷり。優雅さまで感じさせるくらいだ。

一言二言交わすと、次はニグ婆がジャックさんたちに挨拶をし、アルヴァンさんは僕たちに声をかけてきた。

「よう、久しぶりだな」

「こんばんは」

僕たちと話すことで安心したのか、挨拶をすると肩の力が抜けた様子で隣のリリーに話しかけている。

「まさかお嬢ちゃんが、あのフィンダー商会の娘さんだとはな。初めに聞いたときは嘘かと思ったが、どうやら本当みたいで驚いたぜ」

「言った方が良かった……？」

リリーが尋ねるが、アルヴァンさんは首を振った。

「いんや、別に構わねえ。俺にとって三人は変わらず、ダンドが迷惑をかけちまって、おふくろに連れられて漁港に来ていた三人のままだからな。氷造機の件で世話になった恩人だ」

「そう、なら良かった」

本当に、真っ直ぐでいい人だ。

リリーもさっぱりとした返事が嬉しかったのか微笑んでいる。

クーシーズ商会で取引をしているニグ婆とも挨拶が終わったのか、ジャックさんがみんなに声をかける。

「よし、じゃあそろそろ食事会を始めるとしよう。料理もたくさん準備しているが、まずは乾杯といこうじゃないか。それぞれ、席についてくれるかな？」

「おっと。そうだ、すまねえ」

ジャックさんがスタッフに目で合図を出すと、全員分の飲み物が運ばれてくる。

席に座わろうかというとき、アルヴァンさんが何やら箱を取り出してジャックさんに渡した。

「先にこれを。手土産で持ってきたんだが受け取ってくれ。グリルがあるって聞いたからな、なるべく料理と被らないように選んできたつもりなんだが……大丈夫だったか？」

「わざわざそんな！　ありがとうございます」

ジャックさんは箱にかけられている布をめくり、チラリと中を見る。

氷と一緒に入っていたのは、メタリックな甲殻を持ち、光を反射している巨大なロブスターだった。

かなり立派で、数も最低でも三尾以上はいそうだ。

「おお、これはっ。準備しているメニューにもなかったので、ぜひ後で一緒に出してもらいましょう。いやぁ、これは大きいなぁ」

ジャックさんは「じゃあ、これはまた後ほどいただくということで」とスタッフに箱を預けると、改めてアルヴァンさんに感謝を伝えている。

初対面で、かつアルヴァンさんが思っていたよりも緊張している。なのに、ジャックさんの接し方が上手い。席に着き、ドリンクが配られ終わる頃には、いつの間にか程よい距離感まで詰められていた。

ジャックさんが立ち上がり、みんなの顔を見回す。

「今日はお越しくださりありがとうございます」

主催者として改めてアルヴァンさんたちに言ってから、彼は会の開始を告げた。

「明日、旅の最中である娘のリリーたちが、このネメシリアを出発します。そこで最後に、出会いお世話になったみなさんと楽しいひとときを過ごせたらと思い、この場を設けさせていただきました。美味しい料理もたくさん準備しているからね、ダンド君やセナちゃんも思う存分食べていってくれ。それでは、乾杯」

グラスが、ゆっくりと掲げられる。

続いて僕たち残りのみんなも、各々のグラスを持ち上げた。

「「「乾杯っ！」」」

運ばれてくる料理は、さすがジャックさんが手配してくれただけはある。

パンやアヒージョなど小皿系のものから、パスタやサラダなど取り分けられるようボウルに入ったもの。質がよく丁寧な調理がされながらも、誰もが食べ慣れている味で子供たちにも配慮された親しみのある料理。

その他にもワインに合う、美味しいのかよくわからない臭いが強烈な超一流のチーズなど、品数も多く本当に様々なものがあった。

アルヴァンさんが持ってきてくれたロブスターも、グリルで焼き食べたが身がプリップリで、レモンを搾って食べると堪らなかった。

…………。

最後に、ゆずに似た味のジェラートがデザートで出される。すでに空はすっかり暗くなり、夜になっている。

はぁー。

最後に、こういう機会を作ってもらえて良かったな。

観光の比重が高くて食べたりすることが多いネメシリアでの日々だったけど、こうして最後に色々と食べられて、思いっきり楽しめたと幸せな気持ちで締めくくれた気がする。

デザートを食べ終えすっきりした口で、飲み物を片手に海に向いて置かれているソファーへ移動する。

夜は海に出ていく人もいないから、波の音が聞こえるだけだ。照明があるテラスから外に目をやると、先は一段と暗く感じた。明るい月を反射して、ゆらゆらと揺れる黒い海が見える。

絵みたいに星がキラキラと光っていて綺麗(きれい)だけど、何よりも夜になると風がひんやりしていて気持ちいい。

ジャックさんはアルヴァンさんと仲を深める魂胆があるといっても、無理に急いだりはしないようだった。メアリさんとカトラさんも一緒に、世間話から商人のこと、アルヴァンさんに漁師という職業について話を聞きつつ、落ち着いた雰囲気で盛り上がっている。

リリーと僕がレイの様子を見ながら風に当たっていると、ニグ婆が来てネメシリアを出たあとについて話をすることになった。

ここからダンジョールまでは、フストからネメシリア以上に距離がある。だから移動はもっと大変だろうと話していると、突然ダンドとセナの言い争うような声が聞こえてきた。

「なんでよっ？　今日答えを聞かせてくれて、いい加減に自分なりの考えをはっきりさせるってあんた言ってたじゃん！」

「いや、オレはそんなこと別に……」

「言ってたでしょ！　船でリリーちゃんたちの魔法を見て思うところもあったから、せっかくだしみんながいるうちに今後について伝えるって」

「……いや、今後について伝えるとは言ったけどな？　誰も考えをはっきりさせるなんて一言も言ってねえだろ。はぁ……てか、そんなにうるさく言われんだったらやっぱやめたわ。別に、また今度でもいいだろ」

「はぁっ？　あんたそれ、また同じ…………いや、もういい。あたし、風に当たってくる」

ダンドの態度に明らかに怒ったセナだったが、途中で言葉を止めると諦めたようにテラスから出て行ってしまった。

僕たちからも見える範囲内の、海辺にある柵(さく)の前で立ち止まり風を浴びている。

多分、ビーチからの帰り道で話してた将来についてのことなんかを、セナは今日ダンドから聞くことになっていたのだろう。だが結局、待っていた彼なりの答えはどこにもなかった。

そもそもダンドは、与えられた時間でしっかりと問題と向き合ったのか。

拗ねた風を装って、その場凌ぎをしようとするダンドを見てセナは気付いたのかもしれない。またいつもと同じで、彼には何らかの選択をする覚悟が決まっていないのだと。

だからだろう。これ以上は言い合っても意味がないと、諦めて出て行ってしまったのは。

うーん……。結局、僕たちがいる間に進展はなかったか。

僕たちはそこまで関係性が深いわけでもない。それに、すぐに街から出て行く立場だから、あまり勝手なことを言って踏み込むのは誠実さに欠けると思っている。

だからそっと動向を見守りつつ、少しでも良い方向に行ってくれることを願っていたんだけどな。

ダンド個人の問題としても、セナとの関係についても。

「はぁ……こらっ、ダンド。セナちゃんをまた怒らせて」

ニグ婆が溜息(ためいき)を吐きながら立ち上がり、ダンドを注意しにいく。

でも案の定というか、なんというか。言い争って残されたあとに、そのままの流れで注意されると反抗もしたくなるのだろう。

「別にもういいだろ、セナのやつも頭冷やしてくるって出てったんだ。つか、あいつが勝手にキレてるだけだろ」

早口でそう言うと、ダンドはベンチにどかりと座ってしまった。貧乏揺すりをしながら、ふてくされた様子で俯(うつむ)いている。

まあ……難しい話だしな。

しばらく時間をおいてから、僕がセナに声をかけに行って連れ戻して来よう。

そう思いジュースを飲んでいると、アルヴァンさんが立ち上がりダンドの方に近寄っていってるのが目に入った。

だ、大丈夫だろうか？

これ以上は怒ったりせず、落ち着くまでダンドには時間をあげた方が良いと思うんだけど。

アルヴァンさんがいつもの調子で追い打ちをかけるように怒ってしまい、空気が悪くならないかと心配する。

「ダンド、ちょっといいか」

「んあ？　なんだよ、後にしてくれねえか。オレだって別に、雰囲気を壊してぇわけじゃねえんだよ……くそっ」

自分の感情とは裏腹に、理性的な部分もある様子のダンド。

しかしアルヴァンさんが続けて放った言葉は、予想に反して優しいものだった。

「いや、そういうことを言いたいんじゃないんだよ。ただ、セナを追ってやれって伝えたくてな」

「……？」

ダンドは拍子抜けして、怪訝（けげん）そうに父親の顔をジロリと見上げている。

やっぱり意外に思ったのは僕だけじゃなかったらしい。驚いたような顔でアルヴァンさんを見ているカトラさんと目が合った。

「お前が何度も意地張って、その度にあとで自分に腹を立てて後悔してることくらい、俺みたいなダメな親父（おやじ）でもわかってるに決まってるだろ」

アルヴァンさんは照れくさそうに、後頭部を掻（か）きながら視線を逸（そ）らした。

何度か言葉に詰まったりしているが、今日は真っ正面から、最後まで自分の思いをダンドに伝えようとしているのが伝わってくる。

問題は親子関係にもあるようだった。まずはその状況を変えようと、アルヴァンさんが先に親として成長しようとしているのだろう。

「……なんだよ、それ」

「まあ、だからなんだ。悔いてるのは自分なんだからよ、まずは『自分に素直に、追え』ってことだ。セナが見捨てずに隣にいてくれてる意味や、その有り難さも、お前くらいの年になったらもう痛いほどわかるだろ」

これまで照れくささもあり、息子と向き合うことを避けてしまっていたアルヴァンさんだったが、今はどこか覚悟のようなものが感じられる。それはまさに、今のダンドに足りていないように思えたものだった。

酒のせいなのか、それともまた別の理由なのか。アルヴァンさんは耳の先を赤くしながらも、言葉を止めない。

「将来設計とかな、そんな大それたものを今すぐ決めろとは俺も言わねえよ。何しろ、俺だってそこまでしっかりした人間じゃないしな」

だがな、と言って膝を曲げ目線を下げる。

「一歩ずつでもいいから、自分の大切なものは自分で守れる男になれよ」

「…………」

ダンドは無言のまま、目の前に来たアルヴァンさんの目をちらっと見る。すぐに目は逸らしたようだが、伏し目がちなまましばらく何やら考えているようだ。

僕たちが見守っていると、不意にダンドが立ち上がった。

少し口を開き、何かを言おうとしている。

目が泳ぎ、言うべき言葉を探しているみたいだったが、結局何も出てこないまま口は閉じられてしまった。

「……なんだ？」

「………別に。なんでもねえよ」

アルヴァンさんの問いにも、最終的に短く返すだけだった。

しかし、それだけ言葉を残すと、ダンドはテラスの出口まで進んだ。

まさか本当に行動に移すとは。そんな表情で、アルヴァンさんも息子の背中を見ている。

響いたのかはわからないけれど、自分の言葉が届いたことが嬉しかったのか。驚きと相変わらずの照れくささ、それとちょっとの喜びが表情に浮かんでいる。

だけど……そのまま外へ続くように見えたダンドの足取りは、ぴたりと止まってしまった。

父親から影響を受け浮上しかけた覚悟が、また沈みかけているんだろうか。下を向くと、踵を少しだけ下げてしまっている。

しばらく待ったけど、アルヴァンさんがもう一度声をかける雰囲気はない。

あと少し。ダンドから、あとほんの少しだけ背中を押してあげたらセナのもとまで行けそうな気配がするのにな。

みんながダンドの様子を見ている。

これからどうなるのか。僕は傍観者としてそんなことを思っていたはずなのに、気がついたら自分がダンドの方へと歩み出ていた。

見守り続けるだけのつもりだったのに何故こんなことをしてしまっているのか。色々と考えてみてもよくわからない。単に最後の一押しを誰もしそうにないから、代わりにやろうというだけなのかもしれない。

それか、前世では僕もいい大人だったからな。最終的には悩める少年を、自分の手でも応援してあげたくなりでもしたのだろうか。

後ろから、ダンドの肩を叩く。いつもとは違う、不安げな表情がこちらを向いた。

どんな言葉をかけよう。さっきから考えていたけれど、何がベストなのかは最後までわからなかった。

むしろ、ダンドにとってはアルヴァンさんの言葉が大切なものとして心に残っていると思う。だから、僕からは何も言う必要はない気がする。

あと少し、ほんの少しだけ背中を押してあげるのが、僕が今すべきことだ。

目が合ったダンドに向かって、一つ頷く。僕の気持ちは、それで十分に伝わったらしい。

ダンドは目を見開いて固まったかと思うと、次に僅かにだけ頷き返してくれ、足を前に出して外に出て行った。セナのもとに駆けて行く。

「珍しいこともあったもんだね……」

ニグ婆は、息子であるアルヴァンさんの成長だけでなく、孫が普段からは考えられない行動をとったことにシンプルに驚いている様子だ。

ダンドは外で、セナに声をかけている。その様子を見ているアルヴァンさんの瞳は、いつもの少年っぽさがなりを潜め、一人の父親として子への愛情に満ちた温かなものに感じられた。

「会話を止めてしまって、すまない。あとは若者二人に任せてやってくれ」

状況を見守っていた僕たちに、アルヴァンさんはそう言ってから自分の席に戻った。最後に彼は、僕に向かって「ありがとな」と真剣な表情で言ってくれる。

ジャックさんやメアリさんも、同じ子供の親として一連の会話に感じる物があったらしい。

信頼に足る人間だという思いが強くなったのか。ジャックさんも一段と腹を割った様子で、アルヴァンさんとの会話を再開している。

「嬉しそうね？」

ふと気付くと、横に立っていたカトラさんに声をかけられた。

どうやらアルヴァンさんとダンド。そしてダンドとセナの関係にも、良い風が吹き始めたところを見られて、僕は思わず口角が上がってしまっていたらしい。

カトラさんだけでなくリリーも、同じように頬には笑みを浮かべている。

その後、しばらく経って戻ってきたダンドとセナは、互いに言いたいことを言い合えたようで、すっきりとした顔つきをしていた。

話した内容は、僕たちが知るところではない。とにかく、二人の仲にひびが入ったりはしなかったようなので良かった。

食事会はその後も楽しく続き、やがて解散となった。

明日の出発時間を伝えると、ダンドやセナの家から近くの街の中央辺りで、道ばたで馬車が通るのを待ってくれると言ってくれた。

ジャックさんたちは朝方から、僕たちが出発する銀の海亭に来てくれることになっている。

ネメシリアで過ごす最後の一晩。

今日からは久しぶりに、リリーもこちらで一緒に眠る。そのため波の音だけが聞こえる暗くて静かな道を、月の明かりを頼りに僕とカトラさん、リリーの三人で上っていく。

わいわいと明るかったテラスでの食事会からの反動でか、風がいつもより冷たくて寂しく感じた。

だけど三人で話していると、それもまた良く感じてくるから不思議だ。

「さっきの食事会、どうだった？」

カトラさんが訊くと、珍しくリリーが速いテンポで答えた。

「……楽しかった」

◆

深夜。

明日が出発だからだろう。旅の一区切りを前に、眠ると僕は白い空間の中に呼び出された。

「二週間と短かったですが、僕の滞在中に下界の食べ物を満足していただけましたか……？」

「ハッ、愚問だ――ッ。笑止千万!!　今まで天界から見ることしかできなかった食材の数々を堪能できた！　感謝するぞッ」

机を囲んで座っているのは、僕とネメステッド様、レンティア様の三人。

こうして言っていただけると嬉しいな。直々にお願いされたクラクを始め、後半には怒涛の勢いで貢物を送った甲斐があったというものだ。

「いやぁ～、ネメシリアは旨いものが盛り沢山だったね。アタシも満足だよ」

レンティア様もお腹をポンっと叩くジェスチャーをして、幸せそうに笑ってくれている。

ここ数日で仕事の方もまたエンジンをかけ始めたらしい。だけどこれまでの日々があってか、まだ肌の調子も良く元気そうだ。

「喜んでいただけて僕も嬉しいです。あっ、そういえば……ネメステッド様が僕の観察をされるのは、今日で最後になるんでしたっけ？」

「そうだね。自分が注目しているネメシリアにアンタが滞在している間、貢物を貰うついでに観察するって話だったからね。ただ……」

「ただ？」

「当初はそういう話だったんだが、まあねえ。ネメステッド、ここから先は自分で言ったらどうだい？」

レンティア様に促され、目を逸らしてソワソワしていたネメステッド様が口を開く。

「その……あれだッ。我もまだ、付き合ってやろう」

「は、はぁ。それは、えーっと、つまり……」

初めて会ったときと比べると、ネメステッド様も随分と目を合わせてくれるようになった。

それは嬉しいが、まだ気兼ねなく言葉を交わせるレベルまで心を開いてくれているわけでもない気がする。上手く一発で真意を読み取れないことも多いし。

「ネメシリアを出た後も引き続き見守ってくださる、ってことですかね？」

念のためレンティア様に確認しておく。

相変わらず通訳みたいにしてしまって申し訳ない。

「まあ、そういうことらしいね」

ジト目で僕たちを見てくるレンティア様は、そう言ってから溜息をついた。

「はぁ、まったくネメステッドは。貢物が手に入るだけでなく、トウヤたちの生活する様子を見ていたら案外楽しかったみたいでね。時々にはなるが、これからもアタシの観察に交ぜてほしいそうだ」

「なるほど。ではネメシリアを発(た)っても、またネメステッド様ともお会いできそうですね」

「ああ。……そうだ、起きたら一応ステータスを確認しておいてくれ。ネメステッドが今後もアンタの居場所をアタシ抜きでわかるよう、称号が増えてるはずだからさ」

「称号……ですか？　わかりました」

レンティア様の使徒であることが記載されてるのと同じ感じだろうか。

よくわからないが、とりあえず頷いておく。

「クックック。小さな祝福、されど運命(さだめ)は確かに変わった――ッ」

「……？」

ネメステッド様の笑い声が響く。

僕とレンティア様が様子を見守っていると、次第に自身で色々と考え始めてしまったのか。ネメステッド様の声は段々と小さくなり、フェードアウトしていった。


その後もしばらく会話を楽しんでから、レンティア様たちとは別れることになった。

目を覚ましてから薄暗い部屋の中、忘れないうちにベッドの上でステータスを確認しておく。

「ステータスオープン」

カトラさんやリリーだけでなく、レイもまだ眠っている。小声で呟(つぶや)くと、ウィンドウが現れた。

【名　前】トウヤ・マチミ
【年　齢】10
【種　族】ヒューマン
【レベル】3
【攻　撃】3200

【耐久】 3200
【俊敏】 3200
【知性】 52
【魔力】 5075
【スキル】 鑑定 アイテムボックス
女神レンティアの使徒
神ネメステッドのお気に入り
幸運の持ち主
【称号】 フェンリル（幼）の主人

……あれ？

眠い目を擦って確認するが、間違いではないようだ。

なんか、気がつかないうちにレベルが3に上がっていたらしい。考えられることがあるとすれば、クラクを倒したことくらいかな。

あの時は気も高揚していたし、レベルアップ時に感じる元気が湧いてくるような感覚に気付けなかったのかもしれない。

まあ、じゃあレベルのことは今はいいとして。

これだな。ネメステッド様が僕のことを、ネメシリアを出た後も見つけやすくするための称号ってのは。

『神ネメステッドのお気に入り』っていう名称が気になるけど。僕のこと気に入ってくれてるという認識で合ってるんだろうか？

鑑定してみると称号の部分から一回り小さいウィンドウが出て、称号について説明してくれる。


【やったね!! 商売繁盛】

神ネメステッドによって授けられた運命。商売に関する運気が上がり、思わぬ出会いがある……かもしれない。


かもしれないって、なんなんだ。レンティア様の称号から出た【使徒の肉体】と【魔法の才能】の時と、説明文の雰囲気が違いすぎて戸惑うな。

それにしてもネメステッド様が最後の方に運命がどうたらって言ってたのは、これについてだったのか。

とにかく、しっかり称号がついてるから問題はないんだろう。

商売繁盛……商売繁盛……。うん、何かいいことがあればいいな。かもしれないってレベルだから、あんまり期待しない方がいいのかもしれないけど。

◆

ベッドを抜け窓の外を確認すると、幸いなことに今日は雲が何個も浮かんでいる空模様だった。

カトラさんたちも目を覚ますと、最後に忘れ物がないか確認したり、チェックアウトを済ませたりする。

そんなことをしていると、はじめは薄暗かった空も明るくなってきた。

だけど、うん。

雨雲じゃないし天気が崩れる心配はいらないだろうけど、雲のおかげで燦々と太陽が照りつけるということもなさそうなので絶好の出立日和だ。

銀の海亭の女将であるブレンダさんは、最後の挨拶をすると拳大のパンを一人二つずつくれた。

「また街に来たときには、ぜひうちを利用してちょうだいよ。じゃ、みなさん元気でね！」

宿泊客へのプレゼントで、本来は一人一つパンを渡しているらしい。

僕たちは長く泊まったから、おまけしてもらえたようだ。

水分を飛ばしたパンは、日持ちもするから小腹が空いたときに食べられて便利だもんな。有り難い贈り物だ。

宿を出ると、最後にユードリッドと荷台の車輪などの調子を最終確認する。

ジャックさんとメアリさんも来たので、朝の挨拶をしてから言葉を交わす。

といっても、今回ばかりはリリーと二人の長い別れとなる。僕とカトラさんは確認作業などを率先してやり、リリーが話せるよう時間を作ることにした。

「こっちは問題なさそうね。ユードリッドの体調も万全そうだし、バッチリよ」

「荷台にも不備はなさそうでした。荷物はほとんどが僕のアイテムボックスに入ってますし、あとは何か……」

「うん。だったら、見落としはないみたいね」

念のため全て指さし確認をしたが、大丈夫だったみたいだ。

カトラさんと二重でチェックし、問題がないということなのでリリーたちの方へ行く。

急かすつもりはないので後ろに並んで立って待つ。

「リリー、体にだけは気をつけるんだよ。これから行くダンジョールは寒いから、対策はしっかりとするように。また今度ノルーシャに会ったときにどうだったか聞きたいから、あっちでは彼女に顔を見せてくれ」

「そうね……週に一度の連絡は忘れずに。トウヤ君とカトラちゃんと仲良くするのよ？　あなたなら大丈夫だってママもパパも信じてるから。一度っきりの人生、その瞬間は今しかないんだから思いっきり楽しんできなさい」

今日は、ジャックさんもオーバーなリアクションで叫んだりはしていない。

ジャックさんもメアリさんも、それぞれが伝えたいことを伝えると、順々にリリーを抱きしめている。

「……うん、わかった。パパ、ママ。いってきます」

リリーもひとしきり抱きしめられ終わり、力強く頷いている。

娘からの真っ直ぐな言葉を受け止めると、ジャックさんは僕とカトラさんを見た。

「トウヤ君、カトラちゃん。また会おう。再会できるときを楽しみに待ってるからね、三人で良い旅を」

ここまで来たら心配はもうないのか。

今までとは少し違った感じで、背中を押して送り出してくれてるような感覚がある。

「ありがとうございます。ジャックさんとメアリさんもお元気で」

「行ってきます。また会いましょうね」

ジャックさんたちには、ここまで散々お世話になった。

今までの感謝が脳裏を巡る気がする。

僕たちが挨拶をすると、メアリさんも声をかけてくれる。

「行ってらっしゃい。私たちも、フストで帰ってくるのを待ってるからね」

「はい、それではまた」

二人と握手をしてから、馬車に乗り込む。

僕とリリー、レイは荷台に。

カトラさんは御者台に座る。

ジャックさんたちとはここでお別れすることになっている。

「それじゃあ、出発するわね」

手筈が整うとカトラさんが振り返って言った。

僕とリリーが後方部分の幌がない場所から顔を出すと、並んでレイも同じようにする。

ジャックさんとメアリさんは、目が合うと一つ頷き、笑顔で手を振ってくれた。

ユードリッドが歩き出し、馬車が進み始める。

「「いってきます！」」

僕とリリーの声が自然と揃い、手を振り返す。

銀の海亭の敷地を出て、道に出る。

ジャックさんたちも後を追って道に出てきてくれたけど、馬車が緩やかな坂をゆっくりと下り始めると、すぐに姿は見えなくなってしまった。

丘を下りきり、街の中央を通過する。

「二人とも、いたわよ」

カトラさんに呼ばれて前方を見てみると、昨夜にした約束通りの場所にアルヴァンさんたちがいた。

ダンドとセナ、それとニグ婆。

さらに呼んでくれたのか、氷造機の件で出会いクラクの調理もしてくれた、細マッチョさんことサージさんの姿もあった。

この時間帯は台数が多くないとはいえ、他にも馬車は通っている。元から停まる予定はなく、その旨は伝えてあった。

「みんなっ、わざわざありがとうございます！」

だから、近づいてきた段階で腕を振りながら声をかける。

僕たちに気付くと、あちらも手を挙げて応えてくれた。

「元気でな‼」

「バイバーイ！」

「いってらっしゃいっ！」

それぞれから声をかけられる。

一晩経っても、ダンドの表情は以前よりも良くなったままだ。

そんな彼は馬車がみんなが立っている場所を通り過ぎ、離れていく段階になって叫んだ。

「また会おうぜー！　オレもちゃんとやっから、姉御たちも元気でなー‼」

ニシシと笑うダンドは、晴れやかな表情をしている。

最後まで姉御と呼ばれたリリーも、嫌な顔をしていたが、今までとは違ってすぐにわざとだとわかる早さで微笑みに表情が変わった。

果たして、ダンドはどういった道を選ぶつもりなのか。

またいつか知れたらいいな。

手を振りながら、僕は彼らの影が後続の馬車や建物の間に消えていくのを見ていた。

あとは最後に、事前に場所を確認していたネメシリアの冒険者ギルドで、アイテムボックスに入れていた薬草とクラクの魔石を売り払う。

フストにあったギルドとは比べものにならないほど、ネメシリア支部は本当に小さくて前に行った資料館と同じくらいの小屋サイズだった。

これで薬草の常設依頼をこなしたことになったので、活動実績が更新され、Eランクの僕もギルドへの登録が維持されるようになった。

波風香るネメシリアを出て、進路を東にとり平野を進む。

迷宮都市ダンジョールはフストよりも遠い。途中の街に寄りつつ、山々を越え、山岳地帯にある次なる目的地を目指す。

さぁ、行こう。ここからの道は長いぞ。

神の使いでのんびり異世界旅行
～最強の体でスローライフ。魔法を楽しんで自由に生きていく！～

番外編

自由行動の一日

右、左、右、左と一歩ずつ、交互に足を進める。一定のリズムで息を吸って、吐く。涼しくて静か。人の気配が少なくて、どこか特別に感じられる早朝。まだ薄暗い上り坂を、僕は空気の間をすり抜けるように走っていた。

辺りに人影はない。だけど念のために力は抑えめに。頬に触れる風は柔らかだ。

ビーチで遊んだのが一昨日のこと。昨日は出発に向けて買い出しを行ったが、今日と明日はそれぞれ自由行動に当てることになっている。

リリーはまた、昨日の夜からジャックさんとメアリさんと時間を共にしている。僕とカトラさんは別々に、おひとりさまを楽しむ予定だ。

昨晩の就寝前、カトラさんには今日は朝早くに起きてランニングをしてくると伝えた。このランニングも、自由行動の日ならではの突然の思いつきからきたものだった。

なるべく気を張って寝入ったから、今日はまだ暗い時間帯に目が覚めた。予定していたよりも少し早かったけど、二度寝しないようにと物音に気をつけながら着替えを済ませ、まだ眠っているレイたちを置いて銀の海亭を出たのだった。

この身体の体力は、正直に言って常軌を逸している。だから、宿から丘を下りネメシリアの街に出て、近場を回って戻ってきても軽いランニング程度では息も切れない。

素晴らしいことだとは思う。だけど……息が切れ、脚に乳酸が溜まっていく疲労感がないのは、ちょっと寂しい。あれはあれで心地よかったんだけどな。

まあ、最近は運動する機会がなかったから、体が鈍らないようにとランニングをすることにしたんだ。疲れきれなくても目的は達せられたと考えてもいいだろう。

宿の前まで戻ってきたが、一度通り過ぎてネメステッド像がある広場まで上って行く。

空が白んできた。坂道に入ってからは誰ともすれ違わなかった。まだ早い時間だから、広場にも人がいる様子はない。

さてさて、と端にあるベンチへ向かう。一人でランニングに出たのは、体を動かす他にも目的があったからだった。

ベンチに腰を下ろし、アイテムボックスからコップを取り出して、水を注ぐ。軽く喉を潤わせたら、楽しみにしていた時間の始まりだ。

あまり正確とは言えないけれど大体一週間に一度食べることにした、グランさんお手製のホットドッグを取り出す。出来たてで貰った物を収納しているから、毎回ちょうどいい温かさで食べられる。

ケチャップとマスタード風のオリジナルソースも忘れずに。一緒に飲むのは、もちろんブラックコーヒーだ。

近くにある木々から、鳥のさえずりが聞こえてきた。静けさの中で、気持ちいい風を感じながらホットドッグに齧り付く。丘の下の方からは、波の音が聞こえた。

「ふぅ……帰るか」

ペロリと平らげ、コーヒーを飲み干す。少し物思いにふけてから、最後に伸びをして、軽く走って宿に戻ることにする。

銀の海亭では従業員の方々が働き始めていた。しかしカトラさんとレイは、まだ柔らかい自然光に満たされた部屋の中でぐっすり眠っていた。

数十分くらい経ち、先にレイが、次にカトラさんが順番に目を覚ました。ぽわぽわした表情で、どちらも緩慢な動きで今にも寝に戻ってしまいそうだ。

「カトラさん、眠ったら朝食の時間が終わっちゃいますよ」

「うーん……？　うん、わかってるわぁ……」

この宿で提供される料理の味はどれも素晴らしい。朝食とはいえ、何も食べずに逃してしまうのはもったいないだろう。

せっかくの各々が自由に行動できる一日が、カトラさんだけ昼頃からの開始になってしまうことを危惧し声をかけたが、反応はいまいちだった。

何と言っているのか聞き取りづらい口の中で発された言葉は、間延びして小さくなっていく。ベッドの上で座っていたカトラさんは、目を閉じるとこくりと頭を落とした。

「……あ、あの。カトラさん？」

「…………うん、うーん……起きてる、起きてる……から」

結局なかなか起きてくれず、三十分以上経った頃に突然ハッとしたように覚醒するまで、僕が定期的に声をかけなければならなかった。

元気に目を覚ましたレイには部屋で待ってもらい、着替えを済ませ食堂に向かう。朝食の提供時間ぎりぎりで滑り込み、急ぎつつ舌鼓を打って、僕たちはそれぞれの一日を過ごすため別れることになった。

「じゃあ、僕はこっちなので」

「うん。それじゃあ夕方に、また宿で会いましょう」

「はい、カトラさんも良い一日を」

宿を出て、丘を下った場所で二手に分かれる。

自由行動を楽しむべく、ある計画の下で僕には予定が入っているので正面の道を行く。カトラさんは曲がり角を右に進むようだ。

少しだけ立ち止まって別れの挨拶をし、背を向けてまた歩き出す。肩に乗せているレイも、今日は心なしか上機嫌だ。

◆

目的の場所は、クーシーズ商会からほど近い狭い路地の先にあった。

ノルーシャさんから金物店を教えてもらい、代理で依頼を出してもらったのが四日前のこと。一昨日の夜に一緒に食事をした際、ジャックさんから早くも二日後の今日には受け取れるらしいと教えてもらったのだった。

たくさん依頼が入っているから、順番待ちになると聞いていたけど……。簡単な物の上に、念のため図を描いて渡したということもあって完成まで時間はかからなかったようだ。

門のような大きな扉は開け放たれていた。奥に長い形の建物は、どちらかというと工場に近く、広々としていて店というよりは作業場だ。

そこかしこで扉や窓が開かれている。地面は土や敷かれた石が目立ち、この様子ならレイを連れたままでも問題はなさそうだった。

密かにこの日を楽しみにしていたからな。頼んでいた物が、思い描いていた通りの形で出来上がっているといいが。

「すみませーん」

奥の方で作業している人の姿がある。入り口から少し入ったところで呼びかけると、浅黒い肌でタンクトップ姿のその女性が近くまで来てくれた。

「ようこそエドゥアール工房へ。何かお探しかい？」

「おはようございます。依頼させていただいた物が完成したとのことで伺ったのですが……」

「もしかして、クーシーズ商会からの？」

「はい。トウヤと申します」

驚いたように眉（まゆ）を微（かす）かに上げる女性に、名前を伝える。彼女は自分の感情が、僕に伝わってしまったとわかったのだろう。

「すまないね。受け取りに来るのがお若い方だとは聞いていたけど、想像よりもずっと若かったもんだからさ」

叱られた子犬みたいに眉尻を下げ、肩をすくめながら謝ってくれる。

「頼まれた品は完成してるよ。持ってくるから、ちょっとここで待っていてくれ」

女性はそう言って、一番奥にある区切られた部屋に入っていく。あそこに完成した物を保管しているようだ。

どことなくレンティア様に似た人だな。髪色が赤ではなく焦げ茶だけど、肌の色が近いから面影が重なってしまう。

街はすでに動き出している時間帯だ。だが工房内に僕の他に客の姿はない。というよりも客だけでなく、従業員らしき人の姿も彼女だけだ。天井も高く広いためか、しんとしている。

そもそも金属を加工してくれる店を探していると伝えたとき、ノルーシャさんがここを紹介してくれたのは腕が良いと評判らしいからだった。漁港で氷造機から氷を流すため使われていたあのレーンも、ここで作られた物だそうだ。

あの女性が一人で全部手がけているんだとしたら、多忙さもレンティア様と同じだったりするのかもしれない。そんなことをぼうっと思って待っていると、背後の入り口から少年が一人入ってきた。

「い、いらっしゃい……ませ？」

僕とレイを不安そうに見てから、消え入りそうな声で挨拶をしてくれる。

年齢は十三才くらいだろう。癖っ毛の明るめの茶髪で、細身だから子供らしく見えるけれど僕よりも身長は高い。お客さんかと思ったが、どうやら店の関係者だったようだ。

ぺこりと会釈を返すと、おどおどした少年は工房内を見渡した。誰の姿もない。

「あ、あ、えーっと……あのっ」

困った様子で目を泳がせている。事情を説明するべきだろうか。

しかし、その前に奥の部屋から出てきた女性を見つけて、少年はあたふたと彼女のもとに走っていってしまった。

「し、師匠っ。お客さんが……っ」

「おお、戻ったのかい。わかってるよ、今対応中さ」

布の袋を持って、女性は自分のことを「師匠」と呼んだ少年と一緒に戻ってくる。

「それで、修理の方は無事に済んだのかい？」

「あっ、は、はい！！」

「よし。おまえも、ちょっとは成長したようだね」

二人の会話を聞くに、お弟子さんだったみたいだ。一人で仕事に出ていたのか、褒められた少年は目を大きく開き、女性の後ろに続きながら勢いよく頭を下げた。

「……ありがとうございますっ！！」

頬を赤くして、今にもスキップでもし始めそうな雰囲気だ。

褒められることは滅多にないのかな？

少年は小走りで、近くの壁にある掲示板に向かった。何やら、そこに掛けられた木の札をひっくり返している。

掲示板には数人の名前が書かれていて、それぞれの名前の下に札が掛けられている。少年が今触った物以外は全て、『外出中』と書かれた面が表になっていた。

なるほど。ここで働いているのは女性だけでなく、彼の他にも何人か同じようなお弟子さんがいたようだ。

最近は比較的余裕がありそうだったが、レンティア様は普段は仕事に追われ続けている。その点に関しては完全に僕の思い違いで、この工房の師匠は似ていたりはしなかったらしい。外での仕事を任せられる立派な人たちが、彼女にはたくさんいたみたいだ。

「こんな感じで作ってみたんだが、不備はないかい？」

少年は奥にある机で作業を始め、女性が引き続き対応してくれる。

布の袋を受け取ると、そこそこの重さがあった。袋は頼んでいた物にちょうどのサイズで、わざわざケースとして作られた物のようだ。

中身を取り出し確認してみたが、手作業で作られた物とは思えないほどの完璧な出来だ。想像していた通り、いやそれ以上かもしれない。

「素晴らしいです。こんなにも最高なクオリティーで形にしていただき、ありがとうございます！」

「喜んでいただけたようで何よりだよ。それにしても……」

テンションが上がっている僕に、彼女は腰に手を当てながら質問してくる。

「何に使うつもりなんだい？　料理に使うにしてもくぼみが小さくて使いづらいだろう？　何かのために区切るなら大きなフライパンでした方がいいだろうし、小さなパンでも焼くのかい」

やっぱり、こんな形の物は見たことがないのか。

焚き火台などの上に置けるよう、角に脚が付いた正方形の鉄板。そこには、三×三の半球型のくぼみがある。

クラクの入手をきっかけに動き出した計画。これは日本、とりわけ関西では馴染みが深い、たこ焼きを作るため専用のプレートであるたこ焼き器だ。

脚を付け焚き火で使用できるように工夫したのは、旅人である今は野営など外で料理をする機会が多いからだった。

「あー、まあそんな感じです。焼き物を作ってみようかなと」

特にたこ焼きの作り方を隠すつもりはない。けれど知らない料理を伝えるのも手間がかかるしな。

大体、相手も少し気になった程度でそこまで興味もないだろう。

僕の予想は当たっていたようで、彼女は「へえ、焼き物かい」とだけ言うと、満足した様子で請求額を教えてくれた。

大銅貨八枚。ノルーシャさんから事前に聞いていた予想金額とほとんど同じだ。一点物だと考えると、かなり安い。

支払いを済ませ、僕は感謝の言葉を伝えてから店を出た。

「レイ。カトラさんたちには良いものを美味しく食べてもらいたいから、まずは上手く作れるか僕たちだけで試してみようか」

大人しくしてくれていたレイも、何を食べられるのかと興味津々だ。肩の上から、僕の頬に頭を擦りつけてくる。

自由に過ごす一日。宿へ戻ることになっている夕方までは、ゆったりと楽しもう。

たこ焼きの材料をはじめ、事前に色々と準備は調えてある。人が多い街を離れ、僕はネメステッド像の向こうにあるビーチに移動することにした。

◆

ここに来るのは二度目だ。お試しでたこ焼きを作るのはここにしようと思いついたのは、ダンドやセナも含め、前回ジャックさんたちと来た際のことだった。

日を避けるためのパラソルや敷物など、しっかりと物を揃えておけば長時間でも意外と快適に過ごせる。やっぱり、ここにして正解だった。借りてきたパラソルで作った影の中、人けがない砂浜を見て改めてそう思った。

必要な物をアイテムボックスから順々に出していく。生活魔法で作った氷を入れ、よく冷やしたトロピカルジュースを片手に早速たこ焼き作りをスタートする。

他に人もいないので、今回もレイは無力化を解いている。元気よく走り回っていたが、僕が焚き火を起こし、特製たこ焼き器をその上に設置していると、すぐさま横に戻ってきてお座りをした。

「わかったわかった。今から作るから」

早く食べさせろ、という視線をひしひしと感じる。

まずは手をかざし、プレートが温まりきったのを確認する。次に皿に出した油に布を浸し、十分に染み込んだら、布を使ってプレートの隅々まで丁寧に油を引いていく。

生地は薄力粉に卵、牛乳、海産物などから作られたネメシリアの家庭では一般的な出汁を混ぜて昨日のうちに作っておいた。紅ショウガは代わりになりそうな物がなかったのでないけれど、天かすは自作してみた。

お玉を使って生地をプレートに入れる。ジュワーッという音が波の音に重なった。

くぼみの半分程度で生地を止め、しばらくしてからちょうどのサイズにカットしておいたクラクを一切れずつ入れていく。次に天かすと、ネギに似た緑黄色野菜を加え、最後に追加でくぼみから溢(あふ)れるまで生地を注ぐ。

焚き火は小さめに作った。その上なるべく距離をとって作業をしているけど、やっぱりホットプレートとは違ってこのやり方だと暑いな。コップの表面が結露しているトロピカルジュースを一気に飲み干し、もう一杯注いで氷を追加しておく。

ちなみに、このジュースは様々なフルーツから作られているらしい。たこ焼きの材料を集めていたときに見つけたので購入したものだが、思いのほかあっさりしていて飲みやすかったので気に入っている。前に飲んだレモネードも飲みやすかったし、温暖なネメシリアでは薄めの飲み物が多いみたいだ。

「よし、そろそろいいかな」

生地の端が固まってきたので、たこ焼き器と一緒に作ってもらった鉄製の串を使って一玉ずつに切り離していく。

ここからが腕の見せ所だ。端を押し込むようにしながら、テンポ良く、くるっくるっとひっくり返していく。少しだけ待って綺麗な丸になるよう、時々串で刺して持ち上げ、落とす。

追加で上から油をかけ、回しながら焼き色をつけていったら……完成だ。

うん。我ながらなかなか良い出来映えだと思う。

九つのたこ焼きを皿に取り出していく。まだ材料は残っている。作り手として最初の一回はレイに五つあげることにして、四つにだけソースをかけた。

このソースも似ているだけで、本来のたこ焼きソースとは味が違う。だけど案外美味しいので、これはこれで悪くはないだろう。マヨネーズやカツオ節、あとは青のりなんかがないのは悔やまれるが。

いつかフストの森オーク焼きを再現したい時がくるかもしれない。そう思い、買っておいた木製の串があったのでそれを使って食べることにする。

「いただきます」

刺した瞬間に、外側がカリッと出来ていることがわかった。火傷に気をつけ、ふぅふぅと息をかけてから口に入れてみる。

僕が先に食べ、隣で「ガルゥッ」とレイが喉を鳴らしてくるが、それどころではなかった。

「ハフッ、ハフッ……熱いっ！」

カリッとした表面を噛んだかと思うと、とろっとした中身が溢れ出てきた。たこ焼きとしては最高の状態だ。だけど、せっかく息を吹きかけて冷まそうとしたのに、全然足りなかったらしい。

もっと冷静に、時間をおくべきだった。慌ててトロピカルジュースを飲みそうになる。

ただ、せっかくの一口目。完全にフルーティな味わいへと上書きされるのはもったいない。意を決して口を開いたまま呼吸を続けていると、次第に熱も冷めてきた。

使徒の体の凄さゆえなのか、普通に味を感じることもできる。出汁も効いていて、前世で食べていた美味しいたこ焼きにも遜色がない。クラクも、たこの代用品として不足はなかったようだ。

たこ焼き……正しくはクラク焼きの完成度は、及第点どころか満点といったところだろう。

「じゃあ、次はレイの番だ」

レイがどこまで熱い物を食べられるのかはわからない。フェンリルだったら、食べ物の熱さくらいは平気なのかな？

とりあえず念のためにふぅふぅと、ソースなしのたこ焼きをさらに冷ましてからあげることにする。

皿を出して、もう少し冷めるまで待ってから五つ全部を載せてあげても良いが、目をキラキラとさせ今すぐに寄越せと訴えかけてきている。あと数秒で、我慢が出来ずに飛びかかってきでもしそうだ。

仕方がない。

「熱いかもしれないから気をつけてね。それじゃあ、はい」

串に刺したたこ焼きを、レイの頭の上あたりに軽く飛ばす。ふわりと浮いたたこ焼きは、待っていましたとばかりに口を開いたレイにバクリと食べられた。さすがの反射神経だ。

モグモグと食べているが、一つ一つは小さいからやっぱり少なかったか。すぐに次を要求され、同じように渡した残りの四つも一瞬で平らげられてしまう。思わず涎を垂らしながら、すでにおかわりをご所望の様子だ。

「あーもうっ、わかったよ！　すぐに作るから、ちょっとくらい待ってよ」

ぐいっと顔を寄せられ、急かされる。横取りしてきそうなレイから死守して、僕は自分の分を食べながら、早速次のたこ焼き作りを開始することにした。

こんなに急いで作らないとダメなんだったら、九個ずつじゃなくて、一度にもう少し多く作れるプレートにした方が良かったかもしれない。

まあなんにせよ、レイもたこ焼きを気に入ってくれたみたいだからいいか。

目の前に広がる、透明度の高い綺麗な海と真っ白な砂浜。バカンス気分を味わいながら、僕たちだけのたこ焼きパーティーはしばらく続くのだった。

神の使いでのんびり異世界旅行
～最強の体でスローライフ。
魔法を楽しんで自由に生きていく！～

あとがき

お久しぶりです。二巻もお読みいただき、誠にありがとうございます。

今回はリリーの旅のお試し回ということで、一行はネメシリアで港町ならではのイベントを体験し、観光を楽しむ形となりました。次巻では、迷宮都市が舞台になる予定です。

今や肩の上のマスコットと化しているレイに関する話や、ダンジョンで冒険をしながらの生活について、なるべく腰を据えてじっくり展開できたらなと思っています。まだまだ書きたいことはありますので、チャンスをいただけることを願いつつ、ぜひお待ちいただけると嬉しいです。

さて、実はこのあとがきですが、いつも何を書くべきなのだろうと頭を悩ませています。

本文で余ったページ数が使われることになるため、前回のように一ページだと、謝辞など書いておきたいことだけですぐに埋まるのですが……。

私自身、時によってはあとがきを先に読むことがあるタイプの人間です。

ネタバレといった概念とは程遠い本作でも、さすがにあまり内容に深く踏み込まない方が良いだろうということ。そして、その代わりと言ってはなんですが、身の上話など面白いエピソードが収められている作品があることを知っています。

今回は少し紙幅があるので、自分も何か面白いエピソードがないかと考えてみましたが……結果、見事に返り討ちに遭いました。

そもそも単調な日々を送っているため話のネタもなく、たとえあったとしても面白おかしく話せるほどの話術もない。意気揚々と書いたものの、あまりにつまらない自分のエピソード。時間をおいてから読み返し、そっと全部消しました……。

そんなわけで今に至るわけですが、あとがきの何たるやを垣間見た気がします。いずれ自分も優れたあとがきを書けるよう、歴戦の先生方を参考に腕を磨いていきたいところです。

と、なんだかんだ反則気味な方法で無事ページを埋めることに成功したところで、まずは謝罪に移らなければなりません。

生活環境の変化などもあり、なかなか筆が進まない中、スケジュールが厳しい状況でさらに体調を崩してしまったりと、担当編集さん及び素敵なイラストを描いてくださっているｏｘさんには、多大なるご迷惑をおかけしました。本当に、ごめんなさい。

そして最後の最後までたくさんのお力添えをいただき、ありがとうございました！　この場を借りてお礼申し上げます。

また、前回のあとがきでも似たようなことを書きましたが、何よりも本書を手に取ってくださった読者の皆様に最大級の感謝を表したいと思います。

たくさんの本でも目にする言葉ですが、こうして実際に自分が書いたものを手に取っていただく立場になって、他の方々のその言葉に嘘はなかったのだと感じています。執筆中大変なこともありましたが、二巻も無事にお届けすることができ本当に良かったです。

安心してのんびりと楽しめ、少しだけ現実を忘れて暇つぶしができる。
そんな異世界旅行をこれからもお届けできるよう、よろしければ今後ともお付き合いいただけると幸いです。それでは、また。

和宮（わみや） 玄（げん）

神の使いでのんびり異世界旅行２
～最強の体でスローライフ。魔法を楽しんで自由に生きていく！～

2023年10月31日　初版第一刷発行

著者　和宮玄
発行人　小川 淳
発行所　SBクリエイティブ株式会社
〒106-0032　東京都港区六本木2-4-5
03-5549-1201　03-5549-1167（編集）

装丁　AFTERGLOW
印刷・製本　中央精版印刷株式会社

ISBN978-4-8156-1849-0
Printed in Japan

ファンレター、作品のご感想をお待ちしております。
〒106-0032　東京都港区六本木 2-4-5
SBクリエイティブ株式会社
GA文庫編集部 気付

「和宮玄先生」係
「ox 先生」係

本書に関するご意見・ご感想は
下のQRコードよりお寄せください。
※アクセスの際に発生する通信費等はご負担ください。

試読版は
こちら!

GA
ノベル

外れ勇者だった俺が、世界最強のダンジョンを造ってしまったんだが？

著：九頭七尾　画：ふらすこ

異世界に召喚されるも、戦闘の役に立たなそうな【穴堀士】というジョブを授かり、外れ勇者となってしまった高校生・穴井丸夫。ある日彼は、穴掘りの途中で偶然ダンジョンコアに触れて【ダンジョンマスター】に認定されてしまう！　本来コアを手に入れるはずだった魔族の少女・アズが悔しがるなか、【穴堀士】と【ダンジョンマスター】両方の力を得たマルオは、ダンジョンの増改築を繰り返し、可愛い魔物(もふもふ)を量産し、美味しい作物を育てながら、快適な地下生活を満喫することに。ところが――。

「勇者より強い魔物を量産してるあなたのダンジョン、大災厄級の脅威に認定されてるんですけど……？」　知らぬ間にレベルが上がりすぎた彼のダンジョンは、世界中から危険視されるようになってしまい……！

試読版は
こちら!

魔女の旅々21

著：白石定規　画：あずーる

GA ノベル

　あるところに一人の魔女がいました。名前はイレイナ。

　自由で気ままな、一人の旅を満喫しています。

　今回、彼女が邂逅する人々は——。

　不自然なほどそっくり？　善行を続けるイレイヌさん、故郷を守るため、魔物のヌシを討伐する二人の姉弟、砂漠で遺跡の発掘を続ける青年と幼馴染の女性、自分たちの大義に陶酔している「解放連合」、完璧な“森の小道”を追い求める男性と魔女たち、そして、イレイナと結ばれる運命の人も……。


「ちょっとデートにでも行ってみませんか」

　変わった風習や難事件に振り回されつつも、出会いと別れを重ねます。